徳間文庫

静かな町の夕暮に

赤川次郎

徳間書店

目次

プロローグ

やっと、待っていた黄昏《たそがれ》がやって来た。

風が冷たくなり、頰《ほお》を刺す。――もっとも、私の頰は熱く燃えるようだったから、その冷たい風も、快適ですらあったのだけれど。

「寒くなったね」

と、彼は言った。「戻りたくないかい？」

「どっちでもいいわ」

と、私は肩をすくめた。「帰る？」

「暗くなるしね。――戻ろう」

と、彼が促《うなが》す。

「うん」

肯《うなず》いて、私はそれでもしばらくはその場を動かなかった。

彼は私をせっつきたくはないようだった。男の方が、寒がって早く帰りたがるというのは見っともない、という気持もあったのだろう。

私は、もう少し時間を稼いでおきたかった。確実に、辺りが薄暗くなるまで。

「――陽が沈む時にね」

と、私は言った。「あの山の天辺のところが赤くなるの。きれいなのよ」

「そうか」

彼が両手をポケットに突っ込んで、首をすぼめ、それでも精一杯見栄《みえ》を張っているのを見て、私は笑いをかみ殺した。男なんて、本当に見栄っ張りなんだから！

寒いといえば、それも当然といえた。十一月に入って、もう目の前の山も頭の方に、うっすらと雪が粉砂糖をまぶしたようにかかっていたのだから。

山間《やまあい》に陽が落ちると、たちまち辺りは暗くなって来る。――山の斜面は、私の注文通りほんの一瞬、赤く染った。

「行きましょうか」

私が言うと、彼はホッとしたように、

「うん。――まあ、そう急ぐこともないけどね。風邪でもひかせたら申し訳ないし」

と、それでもまだ強がっている。

私たちは、町へと下って行く道を、ゆっくりと辿《たど》って行った。

もう町には灯が入って、光で編んだレース編、といった様子で広がっている。小さな町だ。

いつか、この町を出て、大きな都会で働くこと。それが一七歳になる今日までの、私の長い長い夢だった。今、私は自分の手で、その夢を、シャボン玉のように叩《たた》き潰《つぶ》そうとしている……。

「今日は無口だね」

と、彼が言ったので、私は少しドキッとした。

いつもと変らないように振舞っているつもりなのだが、はた目には、そう見えないのかしら？　でも、大丈夫。――疑われてはいないはずだ。

私は、薄いハーフコートを着ていた。大きなポケットがついていて、そこに手を入れて歩いている。

道は、なだらかな草地の中をしばらく右左へ蛇行《だこう》して、それから少し急な坂道になって、林の中を抜ける。今、もうそこには黒々とした「夜」が一足先にやって来ていた。

「無口かなあ」

と、私は言った。「私、いつもそんなにおしゃべり？」

「いや、そんなことはないけどね。少し元気がないように見える」

「だって……。色々いやなこともあったし……」

「ああ、そうだね」

彼は肯いた。「しかし、もうすっかり済んだんだ。すぐに忘れるわけにはいかないだろうが、後は時が解決してくれるさ」

「そうかしら」

まだ。——まだだ。まだ何も解決されてはいない。

事件は終っていない。

そう。まだだわ。まだここでは早い。もう少し、あの林の奥へ入ってからでなくては。

彼が私の肩に腕を回した。——予期していたことだから、驚きはしなかった。もし、ハッとしたら、たぶん気付かれただろう。

「そうかしら、って、どういう意味だい？」

と、彼は訊《き》いて来た。

道は、急に暗くなった。林の中へ入ったのだ。

「意味って？」

と、私は訊き返した。「忘れることなんかあるのかな、と思っただけよ」

「そうか。いや——君が、まだ事件が終っていない、と思ってるのかな、とね……。まあ、すっきりしないところはあるけれど」

「でも、もう何も起らないわ。そうでしょう?」

ポケットの中で、私の手はナイフを握りしめていた。

道は、ほとんど夜の中へ溶け込んでしまっていた。ただ、木立ちの間に揺れる町の灯で、正しい方向へ歩いていることが分るだけだ。

風が、少し強く吹きおろして来て、梢《こずえ》を鳴らした。

「そうとも」

彼の、私の肩を抱く手に、少し力が入ったのは、風の冷たさのせいだったろうか?

「もう、何も起りっこないさ」

今日を最後にね。——私は心の中で呟《つぶや》いた。

ナイフを握った手。後は、ただ手をポケットから出して、ナイフを突き立てればいい。さあ! 今——。

「今日が——」

と、彼が言いかけた時だった。

ガタガタッ、と音がした。二人の背後からだった。

木の枝や草の音でなく、金属の触れ合う音だ。同時に、黄色く弱々しい光が、私たちの影を道の上にのばした。

「やあ、誰かと思った」

聞き慣れた声に振り向くと、古ぼけた自転車に乗った、駐在所のお巡《まわ》りさんが、ブレーキをキイキイきしませながら、私たちに追いついて来たのだ。

「この寒いのにお散歩ですか」

「まだ若いんだもの、私」

と、私は言った。

機会を失ったことを悟った。もう少し行けば、道は林を出て、そこからは人家が並んでいる。その先は小さな川。

私が子供のころには、川から外側には家はなかったのだけれど。

「あんまり遅くなると危いよ」

と、お巡りさんは言った。「川に落ちたら、大変だ」

その言い方に、私は笑い出していた。

もう、二度と笑うことがあるとは、思ってもいなかったのだけれど……。

私の笑い声は、あの夏の暑い日に、友だちと一緒になって笑い合った、あの時と同じ声だっただろうか？

たった数ヵ月前の、でも、今となってはあまりにも遠い昔のような、夏――。

1　ビッグニュース

ギラリ、と太陽の光が、その一人の男を捉《とら》えた。

「来るな！　近付くな！」

かれて、かすれた声で叫んでいるのは、無精《ぶしょう》ひげに汚れた顔の、作業服姿の男だった。汗が、シャツから作業服にまで、にじみ出て黒くしみを作っている。

「近付くと殺すぞ！」

その男は、ナイフを振り回していた。届く範囲に人はいない。でも、まるでその男の目にだけは、無数の敵が見えているかのようだった。

その男を、十人近い警官が、遠巻きにして取り囲んでいる。もちろん、みんな汗で顔が光っていた。

「ナイフを捨てろ！」

と、一人が怒鳴った。「もう逃げられないぞ！」

「死んでやる！　死んでやるとも！」

と、その男が叫んだ。「だけど――一人じゃ死なねえぞ！　道連れにしてやる！

誰でもいい。かかって来い！」

警官たちが、ひるんだ。

私は――その光景を、二人の友だちと一緒に、くさむらの中に座り込んで、見ていた。女学生三人、身を寄せ合って、突然目の前で展開している場面に、怯《おび》えているところだ。

「意気地なしめ！」

と、男がヒステリックな笑い声を上げた。「誰もかかって来ねえのか！　――臆病者！　弱虫め！」

背後から忍び寄ろうとした警官は、パッと振り向いた男のナイフで、危うく切りつけられそうになって尻もちをついた。

「――撃つぞ！」

拳銃を抜いて構えながら、一人の警官が怒鳴る。「ナイフを捨てて、手を上げろ！」

「撃ってみやがれ！　一人や二人は、撃たれたって刺せるぞ！」

今や、追われる者の方が強気だった。男が前に進み出ると、警官は後ずさりする。

真夏の太陽が、刻々と肌を焼くように照りつけていた。

「本当に撃つぞ！」

「撃て！――さあ、とっととかたをつけようぜ！　俺と心中しようじゃねえか！」

男がナイフを振りかざす。私は、思わず叫び出しそうになって、口を手で押えた。

と――暑さに揺らぐ大気を貫いて、銃声がした。

男が、腹を押え、びっくりしたように目を見開く。その目が見ているのは、警官ではなかった。

女が一人――猟銃を手に、立っていたのだ。銃口から、うっすらと煙がゆらぎながら立ち上《のぼ》っていた。

男がガクッと膝《ひざ》をつくと、手からナイフがすっぽ抜けて落ちた。そしてくさむらの中へ突っ伏すように倒れる。

――誰もが、息さえ殺しているような沈黙……。

不意に、女が泣き出した。銃は足下に落ち、まるで祈るような格好で膝をついて、そのまま背中を丸めて、泣き伏す。

警官たちが、息を吐き出し、帽子を取って、汗を拭《ぬぐ》った。しかし、次々に流れ落ちて来る汗は、拭ってもきりがなかった。

私も、汗が目に入りそうで、拭いたかったのだけれど、動いていいものかどうか、迷っていた。――早く、早く、終ってほしい……。

「カット！」

と、声が飛んだ。「ＯＫ！　良かった」

まるで魔法のおまじないのように、死んでいた男が立ち上り、泣き伏した女がパッと顔を上げる。

「――暑い！」

と、その女優がまず叫ぶように言った。

「お疲れさん」

見えない縄が解けたように、一斉に人々が動き出す。

「――もういいんだって」

私は、両側からギュッと挟まれて、暑くて仕方なかったのだ。「ほら、立とうよ」

「だって……足がしびれて……」

「そう。私も」

「何よ、だらしない！」

私は笑って、「ほんの五、六分、しゃがんでただけじゃないの」

と、立とうとした。

「キャッ！」

足に力が入らない。妙な姿勢で座っていたので、やっぱり気が付かない内にしびれていたのだ。そのまま、私はひっくり返ってしまった。

た。

「そうだ！　やっちゃえ！」

二人が私の足をくすぐるので、私は転《ころが》るように逃げ回って、キャーキャー声を上げた。

三人でもつれるように転って、大笑いしながら、起き上ると――。

ロケ隊の人たちが、みんなニヤニヤしながら、私たちの方を眺めていたのだ。

「いや、いい眺めだった！」

と、監督さんが言った。「カメラを回すべきだったな」

「いやだ！」

私たちは、あわてて立ち上った。転りながら、大分派手にスカートがまくれ上ったに違いない。

「ひどい！」

と、監督をにらむと、

「いや、若々しくていいよ」

と、初老の、ユーモラスな監督は笑って言った。「君ら、とても良かったよ。いや、誰かがカメラの方をチラッと見るんじゃないかと心配してたんだ。後でフィルムを映してみて分るとがっかりだからね。気を付けて見ていたが、大丈夫だった」

「ちゃんとうつってます？」

と、厚子《あつこ》が訊いた。

「ああ、うつってるとも。そうだ、君ね――」

私の方を向いて言われたので、ドキッとした。

「私ですか？」

「うん。声を上げそう、って感じで、口を押えたろう。自然で良かった」

「ワッ！　目立とうなんて！」

「そうよ、汚ない！」

両方にこづかれて、私は応戦した。

「――まあ、ともかく、安いけど、エキストラの出演料、後で払うからね。忘れずに受け取ってくれよ」

と、監督が楽しげに言った。「しかし、暑いね。この辺は、大分涼しいかと思ってたんだが」

「盆地ですから」

と、私は言った。「この町、暑くて、寒いんですよ」

「そうか。――しかし、いい所だな」

町が、そこからは見渡せた。

小さな町なのだもの、そう高く上らなくても、充分に見渡せるのである。我が町は。

——もう、大分周囲は片付いていた。

私は何となく寂しいような思いで……。

たぶん、エキストラで出た私たちだけでなく、町の誰もが同じような気持だったのではないだろうか。

小さな片田舎の町にとっては、映画のロケ隊がやって来るというだけで——しかも、本格的な、有名なスターの出る映画だ、というのだから、何十年来のビッグニュースだったのだ。

それは、高二の一学期、期末テストが終って、成績が戻って来る不安を、夏休みへの期待が圧倒しつつある、もう暑い七月のある日から始まった……。


「——ねえ、法子《のりこ》、法子！」

ドタドタと足音も高く、教室へかけ込んで来たのは、岡田《おかだ》厚子だった。

「何よ、暑苦しい」

と、私は顔をしかめた。「大安売りしないでよ、私の名前」

「何言ってんの！　凄《すご》いニュース！　大ニュース！」

「どうしたの？　豆ダヌキが結婚でもするの？」

豆ダヌキというのは、この高校の漢文の教師である。本当に、見たところ豆ダヌキそっくりで、もう三七、八になるが独身。――ま、およそもてるタイプではないのだが。

「そんなことで、私が走って来ると思う?」

と、岡田厚子は言った。

「言えてる」

厚子は、めったなことで走ったりしない。運動会の徒競走で、百メートルに二十五秒(?)という記録を持っているくらいだ。

「何なのよ、もったいぶって」

放課後の教室には、私と厚子しかいなかった。――といって、お断わりしておくが、別に態度が悪くて残されていたというわけではない。クラブの用事で、残っていて、今帰ろうとしているところだったのである。

しかし、空しい用事ではあった。部員が五人しかいない演劇部で、一体何ができるだろう? 男子学生はついに一人もいなくなったのだ。

女子だけ五人で、舞台装置から、照明、小道具、衣裳までやっていたら、出る人がいなくなってしまう。

十一月の文化祭に何をするか、頭をかかえていただけの会合だったのである。

「——今ね、校長室にお客だったの」

「へえ」

「私、ちょうど職員室に行ったら、捕まっちゃってさ、お茶出してくれ、って頼まれたんだ」

と、厚子は、座り込んで、本格的に話し込む姿勢。

仕方なくこっちも本格的に聞くことにする。

「で、お茶持ってったら、話が耳に入って来たの。客ってねえ、映画のプロデューサーだったのよ」

「映画のプロデューサー？」

「そう！　ロケ！　ロケ、やるんだって、ここで」

「へえ」

と、私はまだ大して驚かない。「何やるの？　『消え行く日本の伝統的木造校舎』？」

「この学校じゃなくて——ここも出るらしいけど、町にロケ隊が来るのよ」

「ロケったって、ピンからキリよ」

「本格的！　今、事務の電話で、叔母《おば》さんに訊いちゃった」

厚子の叔母は、この町、唯一の旅館を経営しているのだ。

「じゃ、予約が入ってるの？」

「貸し切り。それも三週間！」

それが本当なら、かなり大がかりなものだろう。私も座り直した。

「他に何か聞こえた？」

「もちろん！　ちゃんと立ち聞きしたんだからね」

「いばらないの」

と、私は苦笑した。

「上原洋介《うえはらようすけ》が来るんだって」

「本当？　――あの上原洋介？」

思わず訊いていた。これは確かに凄い。

アイドルスターではないけれど、やや中年にさしかかった、渋い魅力で、若い女の子にも人気のある、正真正銘のスターだ。

「ね、ビッグニュースでしょ」

「うん！　確かに凄い」

「もう一つ、取っておき」

と、厚子が声をひそめた。「これは、みんなに内緒よ」

「何なのよ？」

二人の顔が近付く――。

「おい、指田《さしだ》」

と、呼ぶ声で、私はパッと立ち上った。

「はい！」

つい、元気に返事をしてしまうのは私のくせで、よく「元気印の法子」と呼ばれてしまう。数学の時間なんかに当てられても、返事だけは元気がいいので、よっぽどよく分っていると「誤解」を受けることもあるくらいだ……。

「邪魔したかな」

と、風間《かざま》先生はニヤリと笑って、「ラブシーンの最中だったか」

「風間先生！　そういうこと言っていいんですか！」

と、厚子がにらむ。「乙女心を傷つけると怖いんですからね」

「冗談だよ」

と、あわてるところが、この先生らしいところである。

「奥さんに言いつけちゃうから。ねえ、法子」

「ねーえ」

「分った、分った。そういじめるなよ」

と、風間先生は苦笑した。

目下《もっか》のところ、風間先生は、何を言われても怒ることがない。何しろ四十代も半ばになって、つい半年前、二八歳の奥さんをもらったばかりなのだから。

それはこの年前半の、この町のビッグニュースの一つだった。もっとも、今の厚子の話が町に広まれば、もう風間先生のことは町の人の頭から消えてなくなるに違いない。ついでながら、先生の奥さんもこの高校の先生である。

「おい、指田」

と、風間先生は、大分薄くなった額《ひたい》の汗をハンカチで拭《ぬぐ》いながら言った。「今、演劇部の部長はお前だったな」

「そうですけど……」

少々不安になった。私が部長、というのに特別な意味はない。伝統的に二年生が部長をつとめることに決っていて、目下、部員の中に、二年生は私と厚子しかいないのだ。厚子は、そういうことを、まめにつとめられるタイプではなく、自然、こっちへお鉢《はち》が回って来た、というだけの話だった。

だから、私だってそう責任感の強い部長ではないのだけれど……。でも、やっぱり自分が部長の時に、「部員が少ないから」と、演劇部が解散なんてことには、なってほしくない。

それなら、野球部の方が先だ。何といったって、今の野球部は、部員が八人しかいないのだから!

「部員は今何人だ？」

と、風間先生が訊いて来る。

「ええと……そうですね」

数えるほどのこともないのだが、一応指など折って見せて、「今のところ、五人ですけど……。でも、今、入ろうかなって子が二、三人――いえ、三、四、五人はいますから」

隣で厚子が笑い出した。――部長をやってないからって、気楽に笑うな！

「いや、別に少ないからって文句を言いに来たんじゃない」

「良かった！　文化祭の予算が出ない、ってことかと思ったんです」

「それほど肝っ玉は小さくないぞ」

と、風間先生は胸を張った。「財布は小さいけどな」

風間先生は教頭だから、実質的には校長先生よりも細かい点では色々と決定する権限を持っているのである。

「じゃ、何ですか、ご用って？」

と、私も少し安心して訊いた。

「うん。今、岡田が話しただろ？　立ち聞きしてたから」

厚子がプイとそっぽを向く。

「あの――映画のロケが来るってことですか？」

「そうだ。この校舎も撮影に使いたいってことなんだが、その他に――」

「私、映画に出るの！」

いきなりそう言われて、母がポカンとしていたのも当然のことだろう。

「――あ、そう」

と、タイミングのずれたあいづちを打って、「ほら、もうご飯だから、お茶碗出してよ」

と、また動き出した。

「はい」

私は、食器戸棚から、茶碗や小皿を出しながら、「ねえ、本当よ。映画にね――」

「冷ややっこがあるから、深めのお皿ね。何の映画なの？　学校のPR映画か何か？」

「うちの学校の何をPRするのよ」

と、私は顔をしかめた。「あんなオンボロ校舎、見たら誰も入らなくなっちゃうよ」

「あら、却《かえ》って味があって好きよ、お母さん」

母は、先に座って、「さ、早く食べてね。今夜は町内会の集りがあるから」

「どこで？」

「いつもの通り、岡田屋さんよ」

厚子の叔母さんが経営している旅館のことである。

「じゃ、きっと今日は相談なんか何もできないよ」

私は、さっさと食べ始めながら言った。

「どうして?」

「映画のロケが来るんだって、この町に」

「本当に?——へえ。じゃ、大変ね」

まだ、大して分ってないようである。

「それにね、エキストラの女学生役で三人、演劇部から出ることになったの。もちろん、私もね」

「あら、そうなの」

やっと少しびっくりしてくれた。

「何といっても部長ですからね」

私と、それに厚子はやはりロケ隊を泊めるのが叔母さんの所、という強味がある。もう一人、誰にしようかと迷ったが、部長特権で、一年生の森下克枝《もりしたかつえ》に決めた。——厚子と二人で決めちゃったのである。

明日になったら、きっとその話を聞きつけて、演劇部に入りたいという子が殺到す

るだろう、とは容易に予測できた。しかし厚子と二人、

「そういうミーハーは入部させない！」

と、誓ったのだった。

「それじゃ、本当の映画なのね」

母もやっと本気にしたらしい。「何の役なの？　通行人？　女の子A？」

「一応は名前のある役みたいよ」

と、少々むくれる。

「あら、そう。でも、夏休みの間に？　——暑い時に大変だわね。あ、いけない。漬物出すの忘れてた」

と、母は立ち上った。

——我が家の食卓は母と二人である。

母の名は朱子《あきこ》。指田《さしだ》朱子。——私が生れてすぐ、父を事故で亡くして未亡人になり、二人してこの町へやって来たのは、私が二歳の時だった。十五年間、この小さな雑貨屋を開いて、こつこつと働いて来たのである。

母には、男勝《まさ》りの気丈なところはないが、その代《かわ》り、誰とも争ったりしないという人当りの良さがあり、決して挫《くじ》けたりやけになったりしない、粘り強さがあって、店も、私が小さかったころに比べると、二倍くらいの広さになっていた。

小さな町だから、大して商売になるわけじゃないのだが、私一人、不自由なく育てるには充分やって行けたのである。

「――そうだ」

私は、立って行った母に声をかけた。「ねえ、誰がロケに来ると思う？」

「さあね。知ってる人？」

「もちろんよ！　――上原洋介。上原洋介が本当に来るんだって」

ガシャン、と派手に器が砕けて、私は仰天《ぎょうてん》した。

「お母さん！　どうしたの？」

「手が滑ったのよ。――大丈夫」

母が急いでかがみ込む。

「危い！　手を切るよ。私、やってあげる」

と、立ち上る。「ほら、新聞紙か何かで――。お母さん、どうしたの？」

私は、母の顔を見て、びっくりした。

「顔色、悪いよ」

「そう？　ちょっとね。めまいがしたのよ」

「座ってていいよ。私、やるから」

「大丈夫。お腹が空いただけよ」

と、母は笑顔を作って見せたが、それでも顔からは血の気が引いてしまっていた。

「疲れてるんじゃない？　気を付けてよ」

「まだ若いんだから、平気。ほら、あんたこそ、早く食べて」

母はまだ三八歳。ということは、二一で私を産んだことになる。見た目は年齢より老けているが、それはまあ、身なりなどにあまり構わない性格のせいもあるだろう。

でも、娘の私を見ても分る通り（？）、母もなかなかの美人なのである。その気になれば再婚だってできないわけではないと思う。もっとも、母と違って、行動第一の活発な私と、至っておとなしい母とのコンビは、互いにマイナスの点を補い合って、うまくやって来たのだ。ここへ誰か他人が入って来るとしたら、よほどの努力を必要としたことは間違いない。

――やっと壊れた漬物の器を片付けて、また食べ始める。

「映画に出るの。――まあ、頑張ってちょうだい」

と、母は言った。

「目立ち過ぎてもいけないしね。気を付けないと、美女は」

「何を言ってるのよ」

と、母は苦笑した。「もう一杯？」

「うん。自分でよそうわ」

「いいわよ、やってあげる」

「じゃ、お願いします。――分んないわよ。画面にチラッと出ただけでも、光る子は光るんだから。プロデューサーが、『あの子は誰だ？』って叫ぶの。みんなが大騒ぎ。かくて一夜にしてスターになって東京へ、なんての、どう？」

「やめなさい！」

母が、急に怖い目で私をにらんだ。「そんなこと、考えるんじゃないの！」

私はちょっと面食らって、

「冗談よ。――私だって、鏡ぐらい持ってんだから」

母は、すぐにいつもの温和な顔に戻っていた。しかし、今の怒った顔は、本物だった。

「――あんたは可愛いわよ。美人になると思うし、スターにもなれるわ、きっと。でも、できれば他の方へ進んでもらいたいのよ、お母さんは」

「いやだ。真面目《まじめ》になんないでよ。ほんの冗談じゃないの」

そう。何にでも真面目になっちゃうところが、お母さんのいいところでもあり、悪いところでもあるんだよね……。

「あら、誰かしら」

店先の方で、戸を叩く音がした。一応玄関は裏の方にあるのだが、みんな面倒なもんで、表の、店の方から入って来る。

「お客かな。出ようか」

私は言うより早く立ち上って、店の明りを点《つ》けた。サンダルをつっかけて、

「はーい」

と、声をかける。「どなたですか」

「岡田ですけど、お母さん、いらっしゃる？」

「あ、はい」

厚子の叔母さんである。私は急いで入口の戸を開けた。

「ごめんなさい。夕ご飯だったでしょ？　お母さん、もう出られるかしら」

せっかちを絵でかいたような人。岡田典子《のりこ》は、母と同様、未亡人だが、性格は対照的で、声は大きいし、思ったことは何でもポンポン言ってしまうし、悪い人じゃないけれども、私としては少々苦手な相手でもあった。

でも、こういう人でなければ、ご主人が亡くなった後、一人で旅館をやってはいけないだろう。大体、こんな小さな、何も観光名所なんかない町で、ちゃんと旅館の経営が成り立っていること自体、奇跡みたいなものなんだから。

それはこの人が、あらゆる知人やつてを頼って、毎年東京へ行き、会社の忘年会、社員旅行などの予約を取って来ているからなのである。正に、「やり手」とは、こう

いう人をいうのだろう。

「あら、もう始まりました？」

と、母が顔を出す。

「いえ、まだ時間じゃないんだけどね」

と、岡田典子は、せっかちな口調で、「聞いたでしょ、法子ちゃんから？」

「映画のロケが来るとか……」

「そうなのよ！　これこそチャンス、ってわけでね、もう町中、大騒ぎ。大急ぎで、町内会の役員会じゃなくて、総会に切り換えたの。だから、うちじゃなくて、集会場に」

「分りました。わざわざ寄って下さったんですか」

「途中だもの。それに――法子ちゃんのおかげで、厚子が映画に出られるっていうから、お礼と思ってね。法子ちゃん、どうもありがとう」

「いえ、別に――」

「私、ロケ隊を泊めたら、絶対にプロデューサーと監督にかけ合って、うちの旅館を撮影に使ってもらうの。そういう場面がなきゃ作らせちゃう！　こんなチャンスは二度とないものね。――じゃ、後で」

「ご苦労様です」

と、母が言い終った時には、もう岡田典子の姿は外の暗がりの中に消えていた。

「――大変よ、これから当分は」

と、私は笑って言った。「あの人、二倍は早口でしゃべるようになるわ」

「そう言わないのよ」

と、母は苦笑して、「さ、ご飯を食べてしまいましょ」

「総会、私も行っていい？」

「何するの？　面白くないわよ、別に」

「今日は特別。絶対、他の子も来てるから。ね、いいでしょ？」

「好きにしなさい。その代り、お皿洗いは一緒にやるのよ」

「やってるじゃない、いつも」

「あんたの『いつも』は、三日に一ぺんだからね」

母がそう言った様子には、もうさっきのような、奇妙な動揺は見られなかった。

ともかくその「映画ロケ騒ぎ」は、この晩からスタートしたのである……。

2　送別

「終ったね」

と、私は言った。

「そうね」

母は、ほとんど呟くように言った。

私は意外に思って、母の顔を見た。——その瞬間、思い出したのだ。一ヵ月余り前、ロケ隊が来ると知らされた夜のことを。

私が口にした冗談で、母は本気になって怒った。それが、いつもの母らしくなかったことを、思い出したのである。

今の母の、「そうね」という一言は、あの時の怒り方と同様、母らしくないものだった。いつもの母なら、同じ言葉でも、もっとアッサリと口に出しただろう。そして、

「やっと静かになるわ」

とでも、続けたに違いない。

大体母は騒がしいことの嫌いな性格だからだ。

「——そうね」

母は、更《さら》にもう一度、ほとんど嘆くような調子でくり返した。

「どうかしたの、お母さん」

と、私は訊いていた。

母はやっと我に返った、という様子でハッとすると、

「別に。——どうもしないわよ。どうして？」

訊き返すのは、どうかしていた証拠である。

「何時に発《た》つんだっけ？」

と、母はお茶を注《つ》ぎながら言った。

「一時よ」

と、私は言った。「十二時半から、記念の式典」

「じゃ、その前にお昼を済ませましょ。どうせ、町長さんのお話、長くなるわ」

「食欲ないなあ、この暑さじゃ」

と、私は言った。

「冷やむぎ？」

「うん！」

母が台所に立つ。

十一時になったばかりだが、もう気温は三十度を越えたに違いない。窓の外は、白く光ってまぶしいほどだった。

道を行く人は、まるで陽炎《かげろう》のように揺らいで、今にも蒸発して消えてしまいそうに見える。

「――花束渡すのは、誰になったの？」

と、台所から母が訊いて来た。

「うん。――一年生。出演しなかった二人が可哀そうだからって」

「そうね。その方がいいわ」

と、母は言って、「でも、花束渡すの、三人じゃなかったの？」

「岩花妙子《いわはなたえこ》は先に帰っちゃったんだって、ゆうべ」

「あら、そう」

「スケジュールの都合、とかいってたけど、きっとここの暑さに参ってたのよ。よくぼやいてたって。岡田さんのおばさんが話してたよ」

「そう。でも、仕方ないわよ。ここは本当に暑いもの。ここに住んでる人は、そう感じないかもしれないけどね」

「だけど、旅館の人に当られてもね、って、おばさん、こぼしてたわよ。上原洋介は、文句一つ言わないで、凄く愛想が良かったって」

確かに、この三週間で、この町の住人の間違いなく七割以上が、上原洋介のファンになり、反面、岩花妙子には好感を抱かなかっただろう。

でも、役者さんも気の毒。二十四時間、スターらしくしていることなんて、できはしないだろう。人間なら、機嫌が悪いことも、腹が立つことも苛々《いらいら》することもあって当り前。

それを人前で見せると、悪く見られてしまうというのでは、少々酷《こく》というものかもしれない。

「ゆうべも、そう言えば岩花妙子さん、いなかったみたいね」

と、母が言った。

「夕方の列車で帰ったって言ってたもの」

「そう。じゃ花束は誰と誰に?」

「上原洋介と、監督さん。ええと……何てったかなあ。いつも名前忘れちゃう」

「だめねえ。それじゃ役者にはなれないわよ」

と、母が笑った。「冷蔵庫から氷、出してくれる?」

「はい。——だって、みんな『監督』としか呼ばないんだもん。あれ、きっと習慣なのね」

私は製氷皿を取り出して、大きな器の中へ、バラバラと氷を落とした。涼しげな、いい音！

「習慣っていえば、夜になっても、『おはようございます』って。あれ、本当なのね。笑っちゃったわ、初めの内は」

「やめてよ、変なこと真似《まね》するの」

と、母は笑いながら言った。

「私はしないけど、厚子とか克枝は言ってたよ。芸能人を気取っちゃってね」

「――ほら、ガラスの器を出して。早く食べましょ。少し早く行ってた方がいいんでしょ」

「うん」

――ゆうべ。ロケ隊の人たちを囲んで、「お別れパーティ」が開かれたのだ。

夜になっても、決して涼しいという気分じゃなかったけれど、私たちの学校の校庭をパーティ会場にしての即席〈園遊会〉である。

三週間もたつと、町の人の中にも、結構ロケ隊の人たちと親しくなる人がいて、かなり宴《うたげ》は盛り上った。でも――実際、お母さんはホッとしていることだろう。

この三週間、たまたま町内会の役員をやらされていた人たちは、目の回る忙しさだったに違いない。

旅館の方に、それだけの人数を三週間もの間、受け容《い》れる態勢ができていなかったので、母を始め、役員が回り持ちで、食事の仕度《したく》、お昼のお弁当作りなどを受け持ったのだ。

母は店を放っておくわけにもいかず、私がいる時は良かったが、撮影について行っている時には、仕方なく店を閉めて、手伝いに行っていた。

町の宣伝と、旅館の儲《もう》けにはなったとしても、少なくとも我が家にとって、収入はマイナス、母は過労気味という、あまりありがたくない「お客」だったとは言えそうだ。

まあ、でも当の母が文句を言わないのだから、私があれこれ言うのも妙なものかもしれないが……。

ゆうべのパーティは、母にとって、最後の奉仕だった。パーティの飲物や料理を用意したのは、母と、他の数人の奥さんたちだったのだから。

私はいささか気になって、手伝おうか、と声をかけたのだが——。

「いいわよ」

と、母は笑って言った。「お話ししてらっしゃい。今日限りなんだから」

「うん……」

母は、即製の屋台で、焼鳥を焼いていた。

「食べる？」

「うん。二、三本」

「じゃ、この辺のが焼けてるわ、取って」

「はい」

煙が立ちこめるのを手で払って、串をつかむ。すると――。

「旨《うま》そうですね」

ヒョイと顔を出したのは、上原洋介だった。

何だか、いつもＴＶでしか見ていない顔を、こうも間近にすると、おかしな感じがする。私も一緒に撮影にも加わったのだけれど、やはり、上原洋介と岩花妙子は大スターだから、何となく近寄りにくい。

結局、ついつい、ロケ隊の中でも若くて、年齢の近い人たちと話をするようになってしまった。

「いかがですか」

と、母が微笑《ほほえ》んで言った。

「いただきます！　いい匂いだなあ」

上原洋介は、いかにも人なつっこい笑顔で言うと、串を取って、早速口へ入れた。

熱さに目を丸くしながら、

「うん！　……旨い！」

その様子がおかしくて、私は笑い出してしまった。

「いや、本当に旨い。——ゆうべの煮魚は、奥さんですか」

と、上原洋介が訊いたので、母は少し面食らった様子で、

「ええ。お口に合いませんでしたか」

「とんでもない！　あんな旨いものとは思いませんでしたよ。この山の中で、魚があんなに旨く食べられるなんてね。奥さんは料理が上手《じょうず》ですね」

「まあ、恐れ入ります」

と、母は照れたように笑った。

そこへ、スタッフの人が二、三人やって来たので、私と上原洋介は、自然、一緒にその場を離れることになった。

「——君のお母さん？」

と、上原洋介が訊いた。

「そうです」

少し緊張はしたが、話すのが初めてというわけでもなし、私もごく自然に返事をしていた。

校庭は、精一杯、明るくしてはあったが、裸電球の明るさでは限度がある。少し歩けば、すぐに薄暗がりに入ってしまうのだ。

「母の料理、手早くて、おいしいんですよ」

と、私は言った。「店をやってるから、私もよく手伝いますけど」

「雑貨屋さんだったね」

「ええ」

「いや、いいなあ。いつもあんな旨いもの、食べてられるってのは。ご主人が羨《うらやま》しい」

「母は──一人です」

上原洋介が、不思議そうに私を見た。

「あの──父は亡くなったんです。ずっと前に」

「そうか」

と、肯いて、「初めて聞いたな」

独り言のように呟いた。──もちろん、何気ない一言だったのだろうが、何だかちょっと妙な気はした。

「じゃ、大変だったろうね、お母さんは」

「そうですね。でも──私、小さかったから、よく分らないんです」

私は、話を変えて、「また、東京へ戻られたら、すぐお仕事ですか」

「いや、そうでもないよ。アイドル歌手じゃないからね。休みもなく駆け回ってられるほどの体力もないし」

と、上原洋介は笑った。「夏休みを取るさ。そんなことでもなきゃ、やっていられないからね」

「そうでしょうね」

私は、やっと自然な笑顔を見せることができた。

私たちは、校舎のそばまで歩いて来ていた。

「──古い校舎だね」

「ええ、時代物で。地震が来たらペチャンコだって、みんな言ってます」

「しかし、いいじゃないか。味があって。好きだよ、こういうの」

「母もそう言ってますけど──」

「お母さんが？」

「ええ。でも、中で毎日過《す》す身にもなってくれ、って」

上原洋介は楽しげに笑った。

「そうだね。冬は寒いだろうし」

「もう、寒いなんてものじゃ！　窓がきっちり閉まらないので、隙間《すきま》風がピューピュー入って来て。マフラー巻いてるんですよ、窓際の子なんか」

「なるほどね。しかし、後になると、きっと君もこのボロ校舎を懐《なつか》しいと思うようになるさ」

上原洋介は、校舎の板張りの壁を手で叩いた。「――おっと」

「どうかしました?」

「とげが刺さった。ボロ校舎なんて言ったから、気を悪くしたかな」

「大丈夫ですか? 暗いから……。あ、母がお薬、持ってると思います」

「そう? 大したことないけど、抜くだけ抜いておかないとね」

私たちは、母の屋台の方へと戻って行った。

「――お母さん。上原さんが、手にとげ刺したの」

「あら。じゃ、こちらへ。とげ抜きが救急箱に入ってたと思いますから」

「ご厄介《やっかい》かけて」

「いいえ。――法子。ちょっとこげ過ぎないように見てて」

「うん」

私は、炭火の上の焼鳥の串を適当に引っくり返したりしながら、チラチラと、上原洋介の指のとげを抜く母の方を見ていた。

明りのせいか、母の顔は、いやに赤く染って見えた。それとも、ここに立って、炭火の熱に当っていたせいだろうか……。

ともかく、これで一つ冷やかしてやる種ができた、と思っていた。お母さん、上原洋介の手を握ったね、と。

「いや、本当に長年この仕事をやって来ましたが、こんなに気持良くロケができたことは初めてです。ご協力に心から感謝したい！」

監督さんの挨拶《あいさつ》に、ワッと拍手が起った。炎天下の挨拶は短い方がいいと思うのだけれど、町長さんは長々としゃべって、聞く方をうんざりさせた。

でも、上原洋介は、一人、白のスーツを着込み、額の汗を拭うでもなく、にこやかに微笑んで、その長話に心から耳を傾けているように見えていた。

みごとだな、と思った。——スターって、大変なんだ。

上原洋介の挨拶も、至って短く、それでいて儀礼的でない、面白いものだった。ゆうべ一晩かかって考えたのかしら。それとも、誰かが原稿を作ったのか。

それでも、サラリと自分の言葉のように言ってのけるところが、スターなのだ。

前の晩から、母も手伝ってあれこれ準備した「お別れ会」だったが、町長さんの話が長引いたせいもあって、予定をはしょらなくてはならなかった。——私は、一人で上気しては額の汗を拭っている町長さんをにらんでやったが、向うはすっかり舞い上って、それどころではなかっただろう。

ま、でも現実ってのはこんな物なのかもしれない。

時間がなくなって、いきなり花束を贈る段になってしまった。心の準備ができていなかった一年生たちは青くなって、膝がガクガク震えている。

「しっかりしてよ！」

と、私は部長として、ハッパをかけてやった。「演劇部員でしょ！　そんなことで舞台に立てると思ってんの！」

これが大分効いたらしい。二人は、舞台用の（?）笑顔を作って、監督と上原洋介に花束を渡した。――左右、間違って立っていて、渡す時になってあわてて入れかわるという不手際はあったが、それでもまあ、総《すべ》ては無事に終り、盛大な拍手が小さな町の隅々にまで聞こえただろうと思えるほど、わき上ったのだった……。

「――出発の時間ですので」

と、誰かスタッフの声が、私たちの頭上を飛んで行った。

主な器材はほとんど前の夜にトラックで運び出されていたらしい。後はマイクロバスと何台かの車が、道に並んで待ち受けている。

「どうもお世話になりました！」

スタッフの中でも、特に声が大きくてひょうきん者だった〈赤鉛筆〉氏が、声を張り上げた。ヒョロッと細長い体つきで、お酒なんか入ると顔が真赤になるというので、私たちエキストラがつけたあだ名が〈赤鉛筆〉だったのである。

上原洋介は、最後まで紳士的だった。

スタッフの世話をしてくれた、岡田典子を始め、町のおばさん達の一人一人に、握手しながら礼を言ったのだ。私は、後ろの方に引っ込んでいる母へ、

「握手してもらいなよ」

と囁《ささや》いたが、母は小さく首を振って、

「いいわよ」

と、動かなかった。

照れちゃって！　私は、ゆうべのパーティのことを思い出して、ちゃんとあの時、お母さんは上原洋介の手を握ったんだ、と思った。

上原洋介は、一渡り挨拶を終えると、ドアを開けて待っている車の方へ歩き出そうとしたが、ふと何か思い出したように足を止め、振り向いて私の方へ歩いて来た。ドキッとした。

もしかしたら、君、スターにならないか、とでも言われるのかしら？

が——上原洋介はスッと私のわきを通り抜けると、母の方へ、

「お世話になりました」

と、声をかけたのである。「料理は大変すばらしかったですよ」

母がパッと頬を染めて、

「とんでもない」

と、顔を伏せてしまった。

上原洋介が握手しようと手を差し出したのにも、母は気付かない様子だった。私は、

「お母さん！」

と、声をかけて、「私が代りに握手しちゃうからね！」

母は、顔を上げて、

「あ――すみません」

と、謝りながら、上原洋介の手を握った。

そのタイミングがおかしくて、どっと笑い声が起った。

いい仕上げだった。上原洋介がサッと車に姿を消し、車が走り出すと、たちまち遠ざかって行く……。

――町の人々だけが、取り残されると、とたんに平凡で単調な、「暑いだけの夏」が戻って来た。

みんな何だか夢からさめ切っていない様子で、その場から動かずにいる。――終っちゃったの？　本当に？

誰もがそう自分に問いかけているようだった。

「――さあ」

初めに口を開いたのは、意外にも我が母だった。「片付けましょ」

その一言が、みんなを現実に引き戻した。――私たちは、何をするでもなく、後片付けを始めた母や役員の人たちの周囲を、うろうろしているばかりだった……。

3　突然の旅

トン、トン、と誰かが店のガラス戸を叩いていた。

誰かしら？　私はちょっと眉《まゆ》をひそめた。というのも——時間はまだそう遅くはなかったが、客にしてはいやにおずおずとした叩き方で、たまたま私がハサミを取りに店に出て来たからいいようなものの、奥にいたらまだ気付かないに違いなかったからだ。

「はい。——どなた？」

こんな小さな田舎町でも、一応は用心しなくてはならない。

「法子！——私！」

厚子の声だ。私は急いで表の戸を開けた。

「何よ、突然」

と、私は言った。

「ね、お母さんは？」

「うちの？　お風呂に入ってるよ」

いつもなら、もっと遅く入るのだが、さすがに母も疲れたらしい。昼間のお別れ会の後、しばらく昼寝をしていた。

早めにお風呂に入って、床につくつもりなのだろう。

「ちょっとさ、付合わない？」

と、厚子が言った。

「こんな時間に？　どこに行くのよ」

「学校」

「学校に？」

少々面食らったが、しかし、厚子の口調、得意げな笑顔は、かなり面白いよ、と告げていた。「ＯＫ。じゃ、声かけて来る」

「うちに行く、ってことにしてね」

「了解」

お風呂場の外から、母に声をかけ、

「厚子の所に行って来る」

と、言うと、

「あんまり遅くなったら、寝ちゃってるかもしれないわよ」

と、くもりガラス越しに、母の返事があった。

「鍵、持ってくから」

私は、急いで、店の戸を閉め、裏手の戸から外へ出た。——夜九時。まだ、昼の熱気は完全には去っていない。

「——お待たせ」

と、厚子の肩をポンと叩いて、「何事なの？」

「克枝がね、面白い話を聞かせてくれるんだって」

一緒にエキストラとして出演した森下克枝のことである。

「学校で？——まさか、今時追試《ついし》じゃないでしょうね」

「夏休みだよ。いやなこと言わないでよ」

と、厚子が顔をしかめた。

厚子も私も、「追試」を受けるはめになったことはまだないが、といって、全く自分には縁がない、と澄ましてもいられない立場である。

「大体、追試なんて、面白い話でも何でもないでしょうが」

「そりゃね」

と、私は肯いて、「でも、こんな時間、そもそも学校へは入っちゃいけないことになってんのよ」

もちろん、お互いにそんなことは承知の上だ。——でも、実際のところ、休み中に、校庭で遊んだり、教室を勉強に(?)使ったりするのは、年中のことで、先生も黙認していた。

去年、父親の仕事の都合で東京へ引越して行った、丹羽宏子《にわひろこ》という子は、手紙で、東京の学校は、放課後や休みの日には本当に生徒を締め出してしまう、とびっくりして手紙を寄こしたものだ。保健室などは、お昼休みでも鍵をかけてしまうのだそうだ。

それに比べれば、まあ我が校はのんびりしているのかもしれない。

学校は町の外れなので、道もぐっと寂しくなる。——私と厚子は、いつも閉っていたためしのない裏門から中へ入った。

「どこで待ってるって?」

と、私は訊いた。

「保健室だって」

「また変な所ね。——厚子、何の話か聞いたの?」

「チラッとね」

と、思わせぶりな返事。

これで大した話じゃなかったら怒るからね、本当に!

常夜灯の頼りない明りが、古ぼけた廊下を照らしている。私たちが歩いて行くと、保健室に明りが点《つ》いているのが見えた。克枝が先に来ているらしい。

「――克枝」

と、厚子が、入口の戸を開ける。「法子も連れて来たわよ」

保健室の中は、静まり返って、薬の匂いがした。

「――いないじゃないの」

と、私は中を見回して言った。

「でも、明りが点いてるんだし……。先に行ってるね、って言ったんだよ」

「だって、どこにいるの？」

そんなに広いわけじゃない。古ぼけた机と薬やガーゼの入った戸棚。それから、バネのきかなくなった椅子。そして、布を張った仕切りの向うのベッド……。

「ねえ――」

と、私は言った。「誰か寝てる」

「え？」

ベッドの、足の方だけが仕切りからはみ出して見えていた。シーツをかけた足だけが、覗《のぞ》いている。

「克枝、寝てるのかなあ」

と、厚子が言った。「でも、こんな所に来て――。克枝」

私と厚子は、仕切りの向うへ回って、足を止めた。

誰かが、ベッドに寝ている。それは確かだった。シーツが人の形に盛り上っている。

でも——なぜ頭までスッポリとシーツをかけてあるの？　まるで死人のように。

「克枝ったら」

と、厚子が笑った。「ふざけないでよ！　起きて！」

返事はなかった。布の下の人間は、全く動く気配もない。

厚子の顔からも、笑顔が消えた。——まさか。まさか、そんなことが……。

私たちは顔を見合わせた。どっちも、考えていることは同じである。

「——厚子」

「法子が……」

言葉は足らないが、要するに、お互い、相手に、布をめくってみたら、と言っているのだ。

もちろん、ここに「死体」なんかがあるわけはない。そんなの——そんなことって、理屈に合わないじゃないの。

いきなり死体に出くわすなんてこと——映画や小説の中じゃあるまいし……。

「じゃ——」

私は手をのばした。手が震えていなかったかどうか、自分でもよく分らない。

突然、白い布がパッとまくれ上って、

「ワッ！」

と大声を出して、克枝が起き上ったから、

「キャーッ！」

私と厚子は悲鳴を上げて、飛び上った。

「やーい、ひっかかった！」

克枝がベッドから飛び下りて、大喜びで跳《と》びはねる。

「克枝！――一年生のくせに何よ！」

厚子は顔を真赤にして、本気で怒っている。「先輩をからかって！」

「へへ、ごめんなさい」

と、克枝はペロッと舌を出した。

「もう……。死ぬかと思った」

私だって、心臓が跳びはねている。「許せない！」

「そうよ。ただじゃ帰さないからね」

と、厚子が腕を組んで、「法子、部長として、どういう処置を取る？」

「そうね。町の中を裸で一回りする」

「ええ！――やだよ！　ごめんなさい！　そんなにびっくりするなんて思わなかっ

たんだもん」

克枝も焦《あせ》って、床に座り込んで頭を下げた。私と厚子は、顔を見合わせ、それから、一緒に笑い出していた。

「だけど、人をからかうのも、いい加減にしなさいよ」

と、私は椅子《いす》を引いて来て座ると、「心臓の弱い相手だったら、死んじゃってるかもしれないわ」

「お二人は大丈夫だと思ったんですもの」

「何よ、それどういう意味？」

と、また厚子がにらむ。「こんないたずらを仕掛けるために、呼び出したの？」

「そうじゃないわ！　面白いもの見たの！　本当なんだから」

「聞こうじゃないの」

と、私は言った。「中身次第じゃ、裸踊りだ」

「ゆうべのことなの」

と、克枝は言った。

「パーティの時？」

「そうじゃなくて。——ゆうべ、私、学校に来たのよ。夜中のね、一時ごろだったかしら」

「何しに？」

と、厚子が呆《あき》れ顔で、「克枝が、そんなに学校の好きな子だとは思わなかった」

「違うって。――通りかかったの」

「学校の前を？　そんな時間にどこへ行ったのよ」

「それはこの話と別」

「別じゃない！　白状しなさいよ」

と、厚子が、ははん、という顔で肯き、「さては男の子と会ってたな」

「その辺は……。ね、本筋と関係ないんだから」

否定もしない、というのは、まず図星なのだろう。高一のくせに――というのも妙かもしれないが、森下克枝は確かに男の子にもてる。

格別に美人ってわけじゃないのだけれど、女の目で見ても、どこかコケティッシュ、っていうのか、男の子をひきつける雰囲気を持っているのだ。

中学生のころから、高校生ぐらいの男の子と付合っていて、町の中では、少々「不良がかった子」と見られていた。

ただ、克枝の場合、奇妙にカラッとした明るいムードを持っているので、どこか憎めないのだ。

演劇部員としても、その経験が活《い》きて（？）独特の、大人びた色っぽさがあり、真面目な部員とはお世辞にも言えないが、光るものを持ってはいるのだった。

「よくやるわね」

と、厚子は呆れたように、「いい加減にしないと、後で泣くわよ」

「このところ慎しんでるんだけど」

と、克枝は涼しい顔。「それで、話は戻るけど、学校の前通りかかったら、明りが見えたの。変だな、と思ってね。だって、いくらパーティの後片付けだって、そんな時間までやってるわけないし、と思って。で――」

「見に行ったわけね、物好きに」

と、私は言った。

「そう。明りを頼りに、歩いてったら――ここだったの」

「ここに？　誰かいたの？」

「もちろん！　でなきゃ、面白くも何ともないじゃない」

「誰だったの？」

と、私は訊いた。

「男」

と、克枝が言った。「――と、女」

「まさか」

と、厚子が目を丸くした。「本当に？」

克枝が肯く。そして、手でポン、とベッドを叩いて、

「この上でね、ラブシーンの最中だった、ってわけ」

私は唖然《あぜん》とした。信じられないような話だが、克枝がそんな嘘《うそ》をつく必要もないのだし……。

「誰と誰だったの？」

と、厚子が身を乗り出す。

「窓の外から覗いたもんだから。ほら、背伸びしないと見えないのよ、窓が高いでしょ。女の方は見えなかったの、下になってたから。だけど男の方はね」

「──誰？」

と、私は言った。

「誰だと思う？」

と、克枝はもったいぶって、私たちをニヤニヤしながら眺めた。

「こら！　隠すとためにならんぞ」

と、厚子がおどしつける。「いじめてやるからね、稽古《けいこ》の時」

「あ、稽古に私情を挟んじゃいけないんだ」

と、克枝が、いつも私の言うセリフでやり返した。

「余計なこと言わないで、厚子」

と、私は厚子の手をつかんで、「克枝も、もったいぶらないで言いなさいよ」

「はい、部長殿！」

と、克枝が、ふざけて敬礼する。「その男は、部長殿もよくご存知の――」

突然、ガラッと音をたてて、戸が開いた。

「何してるの、あなたたち？」

こっちもびっくりしたが、向うも面食らっている様子だった。

「あ――先生」

私はあわてて立ち上った。

「明りが見えるから来てみたら……。どうしたっていうの？」

風間布江《かざまのぶえ》。教頭の風間先生の若い奥さんである。

「ええと――あの、演劇部の打合せです」

と、私はとっさに出まかせを言った。

「保健室で、こんな時間に？」

「すみません。昼間は暑いので、つい……」

「学校へ、夜は入っちゃだめよ。明るい内ならともかく」

と、風間布江先生は、苦笑しながら、言った。

「すみません」

と、私が代表して謝る。

部長っていうのは、こういう時は損だ。

「忘れてたことがあって、片付けてたのよ」

と、布江先生は言った。「いいわ。今夜のことは黙っててあげる」

「ありがとう、先生！」

と、厚子が拍手して、「さすがに風間先生の奥さん！」

「何を言ってるのよ」

と、布江先生は笑って、「さ、私も帰るから、一緒に出ましょ」

そう言われては、おとなしく、言われる通りにするしかない。話の続きが、心残りではあったけれど、三人揃《そろ》って保健室を出ることになった。

風間布江は、二八歳。四五歳の風間先生と、よく結婚する気になったもんだ、と誰もがその話を聞いた時は首をかしげた。

布江先生は、二年前に一人でこの町へやって来て、ここの教師になった。英語を教えているけれど、男子学生には大いに人気がある。二八歳にしても可愛いのである。

しかし、英語の先生としても、かなり優秀なんじゃないか、と私は思っている。何しろ、布江先生になってから、私の英語の点が大分良くなったんだから！

——学校を出て、私たちは町へ戻って行った。

ずっと布江先生が一緒だったので、克枝の話の先は聞けなかったが、まあそれは明日でも聞けるし……。

「——さよなら」

私は、布江先生に言って、家に入った。

びっくりしたのは——もう当然寝てると思っていた母が起きていたから、というだけではない。

母が、どこにしまってあったのか、私なんか見たこともないスーツケースを引張り出して来て、タンスの中の、下着や服を、一杯に広げていたからである。

「——何してるの？」

と、私が呆れていると、

「あら、帰ったの。早いわね」

母は、微笑んで言った。

「うん……。どうしたの？　夜逃げ？」

「まさか」

と、母は笑った。「東京へ行くのよ」

「東京へ？」

「明日ね。あなたも、仕度して。着る物とか、どれを持って行くのか分らないから、母さんじゃ――」

「ちょっと！　何よ、いきなり」

と、私は面食らって言った。「そんなこと、言ってなかったじゃない！」

「さっき電話があったの。古いお友だちからね。――昔ずいぶんお世話になった方が亡くなったって。もう、ご高齢だったんだけどね。で、お葬式に来ないかって言って来たの。ついでに久しぶりで会いたいしって」

母は、スーツケースに下着をきちんとたたんでしまいながら、話していた。「ホテルを取ってくれるっていうから。行くことにしたのよ。構《かま》わないでしょ？」

「そりゃあ……。いいけど……」

東京には、二度出ている。でも、どっちも二、三日間のことで、母の仕事絡《がら》み。それも、二度目が小学生の終りごろだ。

「ずいぶん急ね」

「休みだし、ちょうどいいと思ったのよ。ここにずっといるより、楽しいでしょ」

「どれくらい行ってるの？」

「そうね。決めてないけど……。少しのんびりしましょうか、たまには」

「賛成！」

私も、まだ実感のわかないなりに、胸がときめいた。

もちろん、TVや雑誌で、いい加減東京のことにも詳《くわ》しいが、実際に足を運んで、原宿やら六本木やらを歩くのは、全く別の話である。

「そうだ。ね、転校して行った丹羽さんがいるんだ。会いに行ってもいい？」

「ええ、いいわよ。あなたは別に、お葬式に出る必要ないんだから、丹羽さんに、どこか案内してもらえば？」

「電話してみよう！　番号、いつかの手紙に書いてあった」

私は自分の机へと飛んで行った。

何とも、忙しい夜だった。——もちろん、克枝の話を忘れてしまったわけではないけれど、突然の東京行きの前には、少々かすんでしまったのも当然のことだったろう。

そして——次の日の昼には、私と母は店を閉めて、列車で町を離れたのだった……。

4　母の笑い

「本当にここなの？」

こんなこと言うと、いかにも「お上《のぼ》りさん」みたいで見っともない、とは思ったけれど、言わずにいられなかった。

「こちらのお部屋でございます」

と、返事をしてくれたのは、案内してくれたベルボーイだった。

私は母の方へ声をかけたつもりだったので、ちょっと顔を赤くして、

「あ、すみません」

と、口に手を当てた。

母はどんどん奥の方へ自分の小さなボストンバッグを手に、入って行ってしまっていて——私は、母が少しもびっくりしていないことにびっくりしていた（ややこしい言い方だけど）。つまり、母は、このホテルで「東京にいる古い友だち」が予約しておいてくれたのが、下手《へた》をすると、私たちの家ぐらいもありそうな——少しオーバー

に言ってだけれど——スイートルームだということを、承知していたわけだ。

それなのに、今の今まで黙ってるなんて、ずるい！

「——お荷物、こちらでよろしいですか」

と、ボーイに声をかけられ、

「あ、はい。——いいです」

と、考えもせずに答えていた。

「では、こちらがバスルームになっておりますので」

と、入口を入って、わきに少し引っ込んだドアを開けて、明りを点けて見せる。

「何かご用がございましたら、内線の8番におかけ下さい」

「はい」

「どうぞごゆっくり」

と、ボーイは出て行った。

母が奥の部屋から戻って来て、

「あら、ボーイさん、行っちゃったの？　荷物、奥まで運んでもらえば良かったのに」

「だって……。ここでいいですか、って訊かれたから、はい、って答えちゃった」

「寝室までお願いしますって言えば良かったのに。——いいわ、運びましょ。中の服なんか、出しておかないと、しわになるわ」

「うん。持つわよ」

私は、リビングルームになっている豪華な部屋を通って、奥のベッドルームへと重いスーツケースを運んで行った。

「大きなベッド！」

と、目を丸くする。「片っ方に二人で寝られそうだね」

「あなたと一緒じゃ、けとばされちゃう」

「あ、失礼ね。――でも、こんな凄い部屋……。高いんじゃないの？」

「うちで払うわけじゃないんだから」

「お母さんの友だちって金持なんだ」

「そうね。――事業をやって成功した人なの。だから、これぐらいのこと、何でもないんだって」

「へえ……。居ついちゃおうか」

「何言ってるの」

と、母は笑った。「ともかく、スーツケースを開けて、整理しないとね。一週間はここにいるわけだから」

「凄いなあ！　こんな所で一週間！」

私はセミダブルサイズのベッドの上に、水へ飛び込むようにして、引っくり返った。

「いい夏休みでしょ」

と、母もいつになく浮き浮きしているようだ。

「最高！　映画にも出たし、これで、原宿を歩いて、六本木に行って、ディズニーランドに行って……。そうだ。宏子に電話しなきゃ」

「丹羽さん、だっけ？」

「そう。かけていい？」

「その前に、シャワーでも浴びて来たら？　汗ばんでるでしょ」

それは確かだった。東京の暑さというのも相当なものだ。あの町の暑さとは違って、日陰に入っても、少しも涼しくならない。ねっとりと、まつわりついて来るような暑さである。

大して歩いたわけじゃなく、列車で着いたホームからタクシー乗り場までと、ホテルの正面で荷物を下ろした間だけだったが、それでも、肌にじっとりと汗がにじみ出て来ている。

「うん。それじゃ一風呂浴びて来る」

「そうしなさい。お母さん、荷物を開いてるから」

「はあい」

でも、お風呂へ入るにも、出てなくちゃならない物は色々ある。スーツケースを開いて、着替えやドライヤー、ネットなどを出し、さっき教えられたバスルームへ。

でも、まあ——結局必要なかったのだ。

バスルームには、ドライヤーも、シャワーキャップも、ちゃんと用意してあったのだから。

浴槽にお湯を入れながら、服を脱ごうとすると、急に電話がすぐそばで甲高《かんだか》い音をたて、びっくりして飛び上りそうになった。受信専用の電話が、浴槽から手の届く所に取り付けてあるのだ。

もちろん、すぐに電話は鳴りやんだ。母がベッドルームで取ったのだろう。

「もしかしたら——宏子かな」

丹羽宏子に、大体これくらいの時間に着く、と連絡してある。私はバスルームを出て、リビングルームへ入って行った。

「——ええ、とても広いお部屋で……。本当にすみません」

ベッドルームから、母が話しているのが聞こえて来た。どうやら、ここを借りてくれた「古い友だち」かららしい。

バスルームへ戻りながら、考えていた。

どんな人なんだろう？　こんな高い部屋を（もちろん実際にいくら取られるかは知

らないが)、一週間も借りてくれる人って……。

もちろん、私としては、そのことで文句を言う気など、さらさらなかった。浴槽にお湯が入り、裸になって体を浸《ひた》しながら、私は、こんなにすてきなことってあるかしら、などと考えていた。——こんなに楽しくていいのかな。何だか怖いみたい、などと……。

でも——そんなことに気を回す必要はなかったのだ。その幸せな気分は、長くは続かなかったのだから。


「ごめんね、法子」

と、丹羽宏子がくり返した。

「宏子が悪いんじゃないんだから」

と、私は笑って言った。「楽しかったよ、凄く」

「もしかしたら、二、三日で帰るかもしれないんだけど……」

「本当、気にしないでよ」

私は、宏子の肩を軽く叩いた。「うん！　ここまで来れば、もうホテルまでの道、分るから」

「本当にごめんね」

宏子は、ちょっと泣き笑いのような顔になった。――そうすると、以前の宏子に戻る。

「じゃ、ここでいいよ、本当に。お母さんによろしくね」

「うん。――また電話して」

「OK。元気でね」

「厚子たちによろしく」

「分った。――じゃ」

「さよなら」

笑顔で、それでも多少は後ろめたそうな表情で手を振ると、丹羽宏子は、足早に、地下街の人ごみの中に紛《まぎ》れて行った。

私は、宏子の後ろ姿が見えなくなるまでその場に立っていたが……。

「ふーんだ。馬鹿らしい」

と、思わず呟いていた。

ホテルまではのんびり歩いても十分ぐらいかな。――もう、陽は落ちていたけれど、少し空は明るいかもしれない。

私は近くの階段を上って、地上に出た。

何だかホッとする。風があって少し涼しかったが、そのせいだけでもなく、頭を押しつけられるような、天井の低い地下道が息苦しかったのである。

もちろん、外に出たからって、頭上に夜空が広がってるわけじゃなくて、右も左もビルばっかり。空なんかいかにも肩身が狭そうに顔を覗かせているだけだ。

それでも、生ぬるい空気の流れは、少なくとも地下道の、所々が急に冷蔵庫みたいに冷え込む冷房の風よりもずっと快《こころよ》かった。

それにしても——人の多いこと！

普通に歩くのでさえ、人とぶつからないように用心していなきゃいけないので、ひどく疲れる。こんなこと言ってるようじゃ、原宿とか六本木は歩けないのかもしれないけど。

ホテルは、見上げるように高いオフィスビルの林の向うにあって、そこへ向って歩いて行くのは、いわば急流をさかのぼるのにも似ていた。ビルから吐き出されて来る、サラリーマンやＯＬの流れは、まるで尽きることがない流れのようで、それをかき分けつつ、逆の方向へ歩いて行くのは、容易なことじゃなかったのだ。

——宏子の奴、すっかりきれいになっちゃって！

本当に、待ち合せたホテルの下のロビーに宏子が颯爽《さっそう》と入って来たときには、呆然《ぼうぜん》としたものだ。一つには、宏子が生《は》えぬきの都会っ娘《こ》になってしまっていたからで、もう一つには、そんな宏子の様子が、私の田舎くささを鏡に映すように教えてくれたからだ。

まあ、でも――旧友に再会する喜びは、格好とは関係なく大きいもので、ワイワイ騒ぎながら、私たちは早速ホテルを出て、原宿へとくり出したのだ。

ところが……。

途中、暑さを避けて、お茶を飲んでいる時、宏子が言いにくそうに口を開いたのだった。

「悪いんだけどさ……」

「どうしたの？」

「ずっと法子に付合ってらんなくなっちゃったの」

「そんなこと……。何も、専属ガイドしてくれなくたっていいわよ。こっちも母親と一緒だし」

「うん……。実はね、今日だけしか一緒にいられないんだ」

「ええ？　だって、暇だとか言ってたじゃないの、宏子」

「そのはずだったんだけどさ……。急に旅行に行くことになったの。学校のグループでね。クラブの先輩とか一緒でさ、どうしてもいやって言えないんだ」

「ふーん」

私は肯いて、「じゃ、しょうがないね」

「ごめん！　あっちこっち、案内すんの、楽しみにしてたんだけど」

「いつ、発つの？」

「今夜」

「今夜？　じゃ――こんなことしてて、いいの？」

「大丈夫。夜遅く、車で行くから。ただ、七時までぐらいに帰らないと。何も仕度してないから」

「そんなに忙しいのに、悪かったね」

と、私は本心から言った。

「ううん。断わりゃいいんだけど……。バランスがあってね」

「バランスって？」

「私が行かないと、男の子、一人余っちゃうから」

私は、まじまじと宏子を見つめて、

「宏子……。彼氏と一緒？」

と、訊いた。

「うん。男女三組。車二台でね」

「へえ」

私は、何だかすっかり呑《の》まれて、「でも――泊りがけの旅行なんでしょ？」

「泊りがけったって、クラブの旅行って言ってあるから、家には。嘘じゃないしね」

と、宏子は肩をすくめた。

「じゃあ……泊る時は男女で別れて泊るの？」

「まさか」

と、宏子は笑って言った。「相手、大学生よ。お子様じゃないんだから」

「へえ。――じゃ、宏子も、彼氏と……？」

「やだ！　そんなに真剣な顔で見つめないでよ。私は今年の春だもん、体験したの。遅い方なんだから」

「そう」

「法子、まだ？」

そう面と向って訊かれてもね……。どう答えていいもんだか。

「法子なんか、東京の高校に来たら、たちまち男の子に取り囲まれるのになあ。すぐセンスだって磨かれるし。もともと可愛いんだもん。アイドルよ、きっと」

「そう……かなあ」

「そうよ。――こっちに出て来て暮らせばいいのに」

「人のことだと思って、気軽に言わないでよ。母の店があるし、それにあそこも呑気《のんき》でいい町だし」

「そりゃそうだけどね。私、やっぱり、もう帰りたくないなあ。こんな所、人は多いし、せわしないし、住みにくいけど、やっぱり、こんなに刺激の多い所に慣れちゃうと、だめだわ」

「そうでしょうね」

と、私は肯いていたが、ろくに耳に入っていなかった。

ともかく、宏子がボーイフレンドと旅行に出ちゃう仲だというのがショックだったのである……。

そして――結局、一人でホテルへの道を辿っているというわけだった。

ロビーに入ると、ホッと息をつく。

もちろん、まだ二日目でしかないけれど、慣れた場所に戻って来たという安心感。

「でも、お母さん、いるのかな」

と、私は呟いた。

もしかしたら、まだ帰っていないかもしれない。その「古い友だち」というのに会いに行っているはずで、私も、

「宏子と夕ご飯食べて来るから、ちょっと遅くなるよ」

と、言って出て来たのだから。

フロントへ寄って、ルームナンバーを告げる。係の人が、ちょっと捜して、

「キーはお預りしておりませんが」

と、言った。

「じゃ帰ってるんだ。すみません」

私は急いでエレベーターへと歩いて行った。少しお腹も空いていたのだ。お母さんはもう済ませて来たのかな……。

エレベーターで一六階へ上る。ここがスイートルームの入ったフロアなのだ。歩いて行って、部屋のドアが見える所まで来て、私は足を止めた。ちょうど、食事をのせたワゴンを押して、ボーイが私たちの部屋の前に足を止めたところだったのだ。

部屋のチャイムを鳴らしている。少ししてから、

「はい」

と、母の声がした。

「ルームサービスでございます」

と、ボーイが声をかけると、

「ちょっと待って下さい」

と、母が言った。

私は、何だか間が悪くて、その場に足を止めたままだった。目が、ワゴンの上の料理を見ていた。

一人分ではない。どう見ても——二人。

あの「古い友だち」と、一緒に部屋で食べようということになったのかしら？

それなら、私が今帰ると、邪魔になりそうだ。

ドアが開いて、

「ごめんなさい、待たせて」

と、母が言った。「入って下さい」

「失礼いたします」

ワゴンが通れるように、ドアを大きく開け、母は押えていた。——私は、少し後ずさりしていた。

母の姿はチラッとしか見えなかったのだが——でも、なぜバスローブなんかはおっているのだろう？　友だちと食事をするといっても……。あんな格好で？　母らしくもないことだった。

ワゴンが中へ入ってしまうと、母もそれについて姿を消した。ドアが、ゆっくりと閉る。

私は、ほとんど無意識の内に、駆け出していた。閉じかけたドアに向って。

完全に閉れば、ロックされて開かなくなってしまう。その寸前に、私はドアを手で押えて止めることができた。

素早く中へ入る。——バスルームのドアがすぐわきにあって、私はその中へと身を隠していた。

リビングでは、母が、

「そこに置いて下さい」

と、ボーイに指示をしていて、私が入って来たことには全く気付いていなかったのだ。

「こちらにサインをお願いいたします」

ボーイが伝票を出している。

私はバスルームの中に入って、ドアを細く開けておいた。

バスルームの中は湯気がこもって、たった今、使っていたことが分る。

「——ありがとうございました。お済みになりましたら、ワゴンを廊下へお出し下さい」

「ええ。ありがとう」

「失礼いたします」

ボーイが、バスルームの前を通って、出て行く。閉じたドアが、カチリと音をたてた。

「食べましょう。冷めるわ」

と、母がベッドルームの方に声をかけていた。

返事はしばらくなかった。――母が、

「どうしたの？」

と、ベッドルームへ入って行く。

少し間があって、突然、母が、甲高い声で笑うのが聞こえた。

「やめて！――食事よ！――いやだってば！」

私の聞いたことのない母の声だった。まるで若い娘のようにはしゃぐ声。

「食事をしましょう……。ね、後でまた……」

「食べるのは五分で充分だよ」

と、男の声がした。

「胃に悪いわ」

「慣れてるよ。でも――君を愛するのは、五分じゃ無理だからな」

「少し休んで……。ねえ――」

「料理は冷ましとくさ。食べる人間の方が熱くなってれば充分だ」

「だって……」

母の声がかすれるように消えた。

布のこすれる音、ベッドのきしむかすかな音。

私は、気が付くと、バスルームのドアの把手《とって》を、固く固く握りしめていた。めまいがして、倒れるかと思った。――出なきゃ、と思った。それだけを思った。

バスルームをそっと出て、部屋のドアを開ける。音をたてずに開け、廊下へ出るのは、至って簡単だった。

ドアが閉った時、カチャリとロックされる音がしたが、母の耳には届かなかったろう。

たとえ届いたとしても、そんなこと、気にもしなかったろう。

母は今、それどころじゃないんだから！

ドアが閉る寸前、母の上げる声が聞こえて来たような気がしたのは、空耳だったかもしれない。

私は、ふらふらと、廊下を歩いて行った。

エレベーターで、ともかくロビーへと下りて行く。

外へ出ても、行き場はなかった。ラウンジに入って、空《あ》いた席に腰をおろすと、私はコーヒーを頼んだ。

――古い友だち。

確かに、それが「男じゃない」とは言わなかった。だけど……。

顔は燃えるように熱く、鼓動《こどう》は機関銃のように打ち続けている。

コーヒーが来ると、ミルクも砂糖もなしで、飲んだ。

お母さんが……男と！

不思議なことじゃないだろう。母は三八歳で、まだ充分に若く、魅力的だ。

しかし、予想もしていなかっただけに、その事実は、やはりショックだった。そして、あの母の、娘のような笑い声。今まで私が耳にしたことのない、弾むような笑い……。

その声が、私を打ちのめした。

私はただ混乱して、母に対して、怒りも、嫌悪も感じている暇がなかったのだ。

男……。あの男は誰だろう？

そう考えてみて、初めて、私はあの男の声に聞き憶《おぼ》えがあったということに気付いたのだった。――誰の声だったろう？

町の人じゃない。あんなによく通る、いい声は……。

よく通る。――そう思い当った時、私には分った。思い出した！

あの声は、上原洋介だ。

5　殺人

母は、どう言っていいものか、困ったように、私と上原洋介を交互に見て、言った。

「あの……」

「知ってるわね、法子？」

「うん」

私は、上原洋介が差し出した手を、ごく自然に握っていた。「こんにちは」

「やあ」

上原洋介が、微笑む。「座ろう」

――私たち三人は、ホテルの一番上のフロアのレストランに入っていた。

窓際の席からは、夜の都会のきらめきが、どこまでも続いている光のビーズ細工を見ることができた。

「――あのね、法子」

と、母が、おずおずと言った。「私たちのここの部屋を取って下さってるのは、上原さんなの」

「そう」

私は、丸一日考えていたのだ。母が上原洋介を紹介した時、どうやってびっくりして見せようかと。しかし、実際にその場になると、わざとらしく驚いて見せる方が却っておかしいと思い直した。

「びっくりしたろうね」

と、上原洋介が言った。

「ええ」

「実は……どうしても君のお母さんに会いたくてね、ぜひ東京へいらっしゃい、とお願いしたんだ」

「黙っていてごめんなさい」

と、母が言った。「ただ……あなたに話しても信じてくれないかもしれない、と思って」

信じないわけにいかない声を、昨日、私は聞いているのだ。

「別に、いいわよ」

と、私は言った。「お母さん、誰と付合っても、自由じゃない。独りなんだし」

「そうだろう?」

上原洋介は肯いて言った。

「あなたがそう言ってくれると」

と、母は、胸に手を当てて、「ホッとしたわ、お母さん」

「言ったじゃないか。法子君は分ってくれるよって」

「ええ。でも……やっぱり心配だったんですもの」

「これで安心して夕食をとれるね」

上原洋介はウェイターを呼んだ。「じゃ、三人で乾杯しよう。法子君はジュースかな」

「ええ」

「じゃ、僕とこちらはビール」

「私、いただけないから――」

「大丈夫。口をつけるだけさ」

――何だか、私は一人でさめて座っていて、馬鹿みたいだ、と思った。

母と上原洋介。こんな取り合せ、想像もつかなかった。

自分の聞いた声が現実のものだったと自分に信じさせるのに、ゆうべ一晩かかったのだ。

昨日、夜の九時過ぎになって部屋へ戻った私は、風呂に入って寝るまで、ほとんど

母と口をきかなかった。だって——何と言えば良かっただろう？　そ知らぬ顔で、

「お友だちと会って、楽しかった？」

なんて訊けるほど、私の心臓は毛がはえちゃいないんだから！

それに、母の方だって、そう訊かれたら、とりあえずは下手な言い訳をするに決っている。母が嘘をつくのを聞きたくもなかったのだ。

幸い、母の方も、私の様子が少しぐらいおかしくても気が付くはずがなかった。これは私の想像だけれど、きっとまだ半分は空中をさまよってるような状態だったに違いないんだから。

だけど——私は夜、ベッドの中で考えていた——心の底では、私もこんなことを予期していたのかもしれない。

一時の驚きからさめると、あの町での送別パーティや、歓送会での、母と上原洋介の様子に、どこかこれを予想させるものがあったのだ、と気付いた。だからこそ、私の受けたショックも、単純な驚きだけで済んでしまったのかもしれない。

それに私はわけの分らない子供という年齢《とし》ではなかった。母も未亡人、上原洋介も独身なら、こうなって何の不都合もないわけだ。むしろ、これで母が幸せなら結構なことかもしれない、とまで考える余裕ができていた。

ただ——あんまりベタベタしてるところを見せられたくはないけれど。

「――じゃ、乾杯しよう」

と、上原洋介が、ビールのコップを取り上げた。

母がビールのコップを、私はジュースを。

「何に？」

と、私は言った。

「そうだ。何に乾杯するかな」

上原洋介は母と目を見交わした。

「お母さんの再婚に？」

と、私が言うと、母は首まで真赤になった。

「もの分りのいい娘を持って幸せじゃないか」

と、上原洋介は笑って、「君は、喜んでくれるかい？」

「うーん」

と、私はちょっと考えて見せてから、「今夜の上原さんの態度次第」

と言ってやった。

「法子ったら」

と、母が笑う。

母は、笑顔だけが急に十代に戻ったみたいだった。

大体、こうして目の前に二人が並んでみると、妙な感じだった。――私は、何だかさっぱりわけの分らないメニューを広げて、眺めるふりをしながら、母と上原洋介を交互に見ていたのだが、二人が似合うとか似合わないではなく、どうにも妙だったのは、同じくらいの年齢のはずなのに、地味な服装と、ほとんど化粧もしていない母の方はずっと老けて見え、やはり役者という仕事をしている上原洋介の方は、ぐっと若く見える。

それでいて、母は少女のように恥じらっており、上原洋介は保護者然として振る舞っていた。――二重にも三重にもアンバランスで、そしてその中で一番浮き上っているのは他ならぬ私自身だったのだ……。

オーダーは無難なスープやステーキで済ませ、上原洋介は改めて、母と結婚するつもりだと言った。

「君にとっても、ずいぶん色々と生活が変ることになる。君の意見も、充分聞いてみたいんだよ」

「私の意見？」

「そうだよ」

「じゃ、言わせていただきます」

私は、上原洋介相手に、こんなジョークを口にできるほど、立ち直っていたのだ。

「お母さんとでなく、私と結婚した方が、面白いと思います」

上原洋介は嬉《うれ》しそうに笑った。

「あの……すみません」

おずおずと声をかけて来たのは、大学生らしい女の子二人。「上原洋介さんですか？」

「そうです」

「サイン、いただけますか？　プライベートな時に申し訳ないんですけど」

「いいですよ」

内ポケットから、ペンを取り出し、差し出された手帳にスラスラとサインをする。

「ありがとうございました！」

「握手していただけますか」

二人の女の子は、上原洋介の手を軽く握って、真赤になりながら、何度も礼を言って、自分たちのテーブルへ戻って行った。

「——いい気分」

と、私は言った。

「あんな風に頼まれると、こっちも気持がいいんだがね」

と、上原洋介は言った。「中にはサインして当然、って顔で来るのもいる。そんな時はいやなもんだよ」

「お仕事ですもの」

と、母が言った。

「お母さん、いちいちやきもちをやかないようにね」

「親をからかわないで」

と、母は笑った。

「いや――しかしね」

と、上原洋介は言った。「問題だよ、やはり。僕はいつも人の目にさらされている。僕と結婚するとなれば、君や法子君も、同じように注目されることになる」

「一時的なものですわ」

「私、注目されるの大好き」

「それは注目されたことがないからだよ」

と、上原洋介は、半ば真顔で言った。

「私は覚悟していますから」

と、母が肯く。

「その期間は、できるだけ短くしたい。そのためには、君との結婚を急ぎたいんだ」

「でも――町の方にはお店もありますし」

と、母は言った。「すぐにたたんでしまうわけにはいきません。あのお店がなくなると困る人もいるわけですから。誰か、お店を引き継いでくれる人を見付けないと」

「私たち——東京に住むことになるのね」

当り前のことながら、私は初めてそれに気付いた。

「そこなんだ」

と、上原洋介は私の方を向いて、「君は今、高校二年だったね。もし、今の高校を出るまで、あそこで過したいということなら、それまで待とうかと君のお母さんと話し合ったんだ」

「私——」

一瞬ためらっただけで、すぐに心は決った。「途中でも構わないわ」

「そうか。じゃ、これで問題はなくなったね」

タイミング良く、オードヴルが運ばれて来た。

食事が始まったのだ。正直なところホッとした。——もちろん、頭では納得していたものの、心の中には多少のわだかまりがあったのは事実だったから。

しかし、誰でも知っている人気スターが私の父親になる！　これはなかなか刺激的なことに違いなかった……。

——食事はおいしかったし、量も充分過ぎるほどだった。私もデザートを取ろうかどうしようかと迷ったほどだ。――ま、結局は、ちゃんと頼んだんだけど。

「――失礼いたします」

と、ウェイターが声をかけて来たのは、もう最後のコーヒーになってからだった。

「指田様とおっしゃるのは――」

「私です」

と、母が言った。

「お電話がかかっております」

「まあ。すみません」

「指田法子様でいらっしゃいますか」

母は、腰を浮かしかけていたが、

「法子でしたら、娘の方ですわ」

「私に電話？」

不思議だった。誰だろう？

案内されて、入口のカウンターの電話へと急ぐ。

「――はい」

「あ、法子？」

少し遠い声だった。

「厚子なの？　どうしたのよ、こんな所に」

「部屋にいないから、捜してもらったの」

厚子の声は、いやに緊張して甲高くなっていた。

「どうしたの？」

「あのね——ゆうべ。ゆうべのことなんだけど……」

「厚子。大丈夫？」

「うん。今日の夜になって、見付かったの。学校のあの——保健室で」

「何が？」

わけの分らない不安が、私の中にふくれ上って来ていた。「厚子、何なのよ！」

「法子……。克枝が——克枝がね」

厚子の声は上ずって震えていた。


——テーブルに戻って、私は、椅子に座った。いや、座ったはずだ。

いつ自分が椅子に腰をおろしたのか、分らなかった。

母は上原洋介と話していた。——何の話をしてるんだろう？

「もちろん、式の前後はきちんと休めるようにするさ」

式？　何のこと、式って？

「でも、忙しいんでしょう。一週間も十日も休めるんですか」

「そりゃ、できるさ」

と、上原洋介は母の手を握ったりしている。「前もって、スケジュールを空けておく。普段はね、確かに急な仕事が入るってこともある。ゆうべみたいに、突然、夜中の仕事とかね」

「それは覚悟していますわ」

「しかし、結婚式とハネムーンだけは別だ。それまで邪魔されるんじゃかなわないよ」

「ハネムーンっていえば……」

と、母が心配そうに言った。「旅行先までカメラマンとか記者の人がついて来るなんてことは……」

「ないよ。あれは、アイドルスターの場合さ。僕はもう三七だぜ。しかも、こんなに大きな子供までいて――」

と、上原洋介が私を見る。「法子君。――どうかしたのか？」

デザートが、いつの間にか目の前に置かれていた。アイスクリームは溶け始めている。

「法子……。あなた、真青よ」

母も、やっと私のことを心配してくれる余裕ができたらしい。「気分でも悪いの？」

「電話で、何かあったのかい？」

「誰からだったの、法子？」

「厚子から」

と、私は無意識の内に答えていた。

「岡田さん？　何ですって？」

あの電話は本当のことだったんだろうか？

そんなことが……。でも、なぜ？

「克枝が――」

と、私は言った。

「克枝？　森下さんのこと？」

と、母は言って、上原洋介の方へ、「この子と同じ演劇部の――」

「憶えてるよ。一緒にエキストラで出ていた娘《こ》だろう」

「あ、そうだったわね。――法子、森下さんがどうしたの？」

「死んだの」

「――まあ」

母は、何だか安手なTVドラマの中の出演者みたいだった。びっくりした表情一つできずに、ただぼんやりしているような。

「事故か何かだったの？」

「殺されたのよ」

と、私は言った。

「まさか」

母は、唖然として、「あの町で？　――そんな馬鹿なことが！」

「本当に殺されたのよ。厚子がそんなでたらめの電話をかけて来てどうするの？」

つい、つっかかるように言って、自分でもハッとした。私だって、突然こんなことを聞かされたら、母と同じことを言っただろう。

「それは大変なことだ」

と、上原洋介が言った。「犯人は捕まったのかい？」

「いいえ。――まだ詳しいことは聞いてませんけど、誰がやったかは分らないみたいです」

「君と同じ年齢《とし》だったかな」

「一年下です」

「すると――一六歳？　何てことだ」

上原洋介は首を振った。「町へ帰った方がいいだろうね」

「そうね」

　と、母は肯いた。「とんでもないことになったわ」

　――母の言葉が、克枝が殺されたことを指しているのか、それとも、自分と上原洋介のせっかくの楽しい婚約の席が、突然の出来事で邪魔されたことを言っているのか、どっちとも知れなかった。

「明日の朝の列車で帰るわ」

　と、母は言った。

「それとも今夜中に帰るかい？」

「でも、今からでは――」

「車で帰ればいい。僕が送って行けるといいが、明日はまた仕事だからね。ハイヤーを頼んであげようか」

　母は私の顔を見た。――母は、明日にしたがっている。その思いが、顔に出ていた。

　今夜、もう一晩、上原洋介と過すつもりだったのだ。

　私は、一刻も早く帰りたいとも思ったが、母の気持が分らないではなかった。

「明日にしよう」

　と、私は言った。「車で行っても、着くのは夜中でしょう」

「そうだね。すぐ用意をして出ても、二時か三時にはなるだろう」

「それじゃ、同じことだわ。――お母さん、明日の朝早く発とうよ」

「そうしましょう」

と、母が言った。

安堵《あんど》の色が、その目に浮んでいた。

母が部屋へ戻って来たのは、夜中の一時過ぎだった。

私一人が先にスイートルームへ戻り、入浴して、ベッドに入ったのだ。明朝は六時に起きなくてはならなかった。

母は上原洋介と、

「少しお話があるから」

と、二人でバーへ消えていた。

もちろんバーにも寄ったのだろうが、すぐにどこか別に借りた部屋で、母は上原洋介に抱かれていたのに違いない。

母が、部屋の入口のドアを開けて、

「じゃ、また――」

と、低い声で言っているのが、ベッドルームの方にまで聞こえて来た。

もちろん、ベッドルームの明りは消してあったが、私は眠っていなかった。

母が、静かに入って来ると、私は、

「――お帰り」

と、声をかけた。

「起きてたの？」

母はそうびっくりしなかったらしい。予想していたのだろう。

「うん。眠れないもん」

「そうでしょうね。でも、目をつぶって休んでおかないと。――列車の中でも眠れるけどね」

母が服を脱いで、クローゼットにしまい込む。「モーニングコールを頼んだ方がいいわね」

「お風呂は？」

「え？　――ああ、いいわ、もう遅いし」

もちろん、他の部屋でシャワーを浴びて来ているのだ。分っていても、つい訊いてしまうのは、ちょっと意地悪をしてみたかったのかもしれない。

母が、ホテルの浴衣《ゆかた》を着て、ベッドに潜《もぐ》り込んだ。

――私の友だちが殺されたっていうのに！　恋人と楽しんで来たりして！

本当なら、怒ってもいいのかもしれなかったが、不思議と腹は立たない。――克枝の死が、まだ実感されないせいもあったのかもしれないし、母の幸せそうな様子は、とても邪魔したりする気になれないくらい、無邪気そのものだったのだ。

母の息づかいは、眠っていなかった。何か話したくて、でも、どうしたものかためらっているのが、気配で分った。

「――お母さん」

と、私の方が言った。

「え?」

「おめでとう。おやすみ」

私はクルッと寝返りを打って、目を閉じた。

「――おやすみ」

母の声は低い呟きでしかなく、泣いているようでもあった……。

6　真夜中の影

——その夜、森下克枝が家に帰ったのは、九時ごろだった。

「どこに行ってたの」

克枝の母親の言葉は、いつもながらの口調で、克枝の方もいつもながらに「沈黙」で答えたのだ。

勝手に部屋へ入って行く克枝に、母親は、

「いい加減にしなさいよ」

と、諦《あきら》め半分の言葉をかけたのだった。

「——うるさいんだから」

克枝は机の前に座ると、そう呟いた。

暑い夜だ。熱帯夜が、もうこの三日間、続いていた。

克枝は、汗を拭った。急いで帰って来たので、こうして落ちつくと、どっと汗が出て来る。Tシャツは肌にはりつくようだった。

克枝としては、汗をかくほど急いで帰って来たことで、母親の言うことを聞かなかった分の埋め合せは充分にしたと思っている。それに大体——誰と付合おうと、私の勝手じゃないの！

そりゃ、高校一年で、「親密な」ボーイフレンドがいるのは、この町じゃ目立つかもしれないけど、でもよそじゃ当り前のことなんだから！

その「よそ」がどこなのか、克枝は知らなかった。TVや雑誌で見る「よそ」のことだ。どこにでもありそうで、もしかしたらどこにもないかもしれない「よそ」である。

克枝は、自分が男の目をひきつけることを知っていたし、それが自慢でもあった。いくら、町の口やかましいおばさんたちに、

「ふしだらな娘《こ》！」

とにらまれたって、当のおばさんの亭主たちが、ショートパンツ姿で自転車なんかこいで走る克枝のつややかな足にじっと見入っているのを知っていたから、怖くも何ともなかった。

あんなの、「やきもち」なんだわ、要するに。

克枝は、鏡の中の自分の笑顔に見入った。——可愛いわよ、あんた。

そう。あんたなら、きっとスターになれるわ。ロケに来てた岩花妙子なんて、めじ

ゃない。あんなの、もう「おばさん」じゃないの。顎《あご》の辺りなんかたるんで来ちゃって。

でも……。そう、今年の夏は、刺激的だった！　こんなに色んなことのあった夏は初めてだ。

克枝は、もともと早く東京へ出たかったのだ。一人っ子だし、両親は手離したがらないだろうが、高校を出たら、誰が何と言おうと、この町を出て、東京へ行く。それは克枝の、子供のころからの決心だった。

もちろん、そんなことを父や母に言うほど馬鹿じゃない。言えば二人が大騒ぎすることは分り切っていたから。

――この夏のロケ隊の来訪が、克枝の決心をひときわ固いものにしたのは、当然だ。それだけでなく、エキストラとはいえ、映画に出るという、凄い体験が、克枝の夢に、道を開いたのだった。

法子や厚子には黙っていたが、克枝は映画のロケ中に、スタッフの主な面々とはすっかり打ちとけて話すほどの仲になっていた。特に監督は、克枝の中に、人の目をひきつける個性を見付けていた。

「もし、その気があったら――」

と、送別パーティの時、監督は克枝に言ったのだ。「手紙でもよこしなさい。君ならどこかのプロダクションに紹介してあげられるだろう」

その言葉を聞いた時、克枝は体が震えるような興奮を覚えた。——この町から出て行ける！

そうなると、気は急《せ》いた。何も高校を出るまで待つ必要もない。一六、七でスターになるのは、むしろ今では遅いくらいなんだから！

ふと——目が机の上に落ちた。

そこに一枚のメモがあった。何だろう？

取り上げてみて、ちょっと眉を寄せる。誰の字だろう？

「——お母さん」

と、克枝は、声をかけた。

「なに？」

と、母が部屋の入口に顔を出した。

「ここにこのメモを置いたの、お母さん？」

「メモ？」

母親は不思議そうに、「どんなメモ？」

「ううん、いいの」

母ではない、と克枝は思った。——きっと厚子さんだわ。

そのメモには、〈この間の話の続き、聞かせてよ。夜中に保健室で〉とあったのだ。

誰の字か、見憶えはなかったが、でも、厚子と法子以外には考えられないし、法子は東京へ行っている。

きっと、厚子さんが置いて行ったんだわ。お母さんが出かけた間にでも。

大体、こんな小さな町では、その辺に買物に行くくらいなら、玄関の鍵をかけてはいかない。

そう。克枝も、話を途中で止めて、気になっていたのだ。何といっても、あれはトピックスだもの！

克枝は、そのメモをギュッと握り潰すと、屑《くず》かごへと落とした。


学校へ忍び込むのは、お手のものだ。

もちろん、忍び込むといったって、別に砦《とりで》じゃないのだから、至って簡単に入れる。

保健室へと歩いて行く。――廊下は、薄暗く、常夜灯だけが、足下をおぼろげにするほどの明りを投げかけていた。

保健室から、明りが洩《も》れていた。

「――珍しい」

と、克枝は呟いた。

大体、厚子は呑気で、時間にもたいてい遅れて来るのだ。

「――厚子さん」

と、克枝は保健室へと入りながら声をかけた。

中は静かで、返事もなかった。克枝は周囲を見回して、

「厚子さん――先輩。どこ？」

思い付いた。この前は自分がびっくりさせてやったから……。

覗いて見ると、やっぱり、ベッドの上に誰かが寝ていた。布をスッポリかけてあるのも同じだ。

フフ、と克枝は笑って、

「びっくりさせようたってだめよ。話が聞きたいのなら、おとなしく出てらっしゃい」

と、布に手をかけた。

パッと布をめくって――そこに白骨を見た克枝は、

「キャッ！」

と悲鳴を上げ、その場に尻もちをついてしまった。「ああ……。びっくりした！」

標本だ！　人骨の標本。理科室に置いてあるのを、ここに運んで来て、寝かせたのだ。

「もう！」

と、克枝は立ち上りながら言った。「ひどいじゃないの！」

とはいえ、人のことを怒れた身ではない。

「厚子さん。――出て来てよ」

と、克枝は言った。「これで、おあいこじゃないの」

背後に人の気配を感じて、ハッと振り向いた克枝は、びっくりしたように目を見開いて、

「あら――」

と、思わず言った。「どうしてこんなとこ……」

シュッと音がした。克枝の首に、細い紐《ひも》が巻きついた。ギュッと引き絞られる紐が、キリキリと音を立て、克枝は目を大きく見開いて、喘《あえ》いだ。

声を出す間はなかった。紐は深く深く、克枝の首に食い込んで、克枝の夢と未来を、打ち砕いて行ったのだ……。


「――ここで？」

と、私は言った。

床に、白墨《はくぼく》で人の形が描かれていた。それは、アニメーションのスケッチみたいで、

今にも音楽と共に踊り出しそうだ。

「そう」

厚子は、肯いた。「誰が一体……」

学校は、人気《ひとけ》がなかった。もちろん、殺人のあった翌々日に、校庭で遊ぼうという物好きもいないだろうが。

保健室の入口はロープが張られていた。

私たちはロープの外に立って、開いた戸の向うの、床を眺めていたのだ。

「そのメモから、何か分ったの?」

と、私は言った。

「克枝のお母さん、後でそのメモを拾って見たんだけど、それから捨てちゃったのよ。まだ、死体が見付かる前のことだしね」

「じゃ、メモは——」

「内容は、お母さんが憶えてたけど、現物はついに見付からないみたいよ。捜してはいるらしいけど」

「そう」

私は肯いて、「でも『話の続き』って言ってるからには、あの時の私たちの話を聞いてた人間ね」

「そうでしょうね」

「——風間先生の奥さん」

「まさか。克枝を殺す理由がないじゃない」

「分ってる。可能性の問題よ」

と、私は言った。「あの時、誰かが私たちの話を立ち聞きしていたんだわ」

「——どんな話を？」

と、突然、男の人の声がして、私たちはびっくりして息をのんだ。

「いや、おどろかせたかな。悪かったね」

その男はまだ若かった。もちろん私たちよりは年上だったけれど、一七の女の子と、二五、六の男性を比べて、男の方が子供っぽいことは珍しくない。

この暑いのに、背広の上下、ネクタイ。それも上等なものを、きちんと着こなしているのならともかく、買ってからアイロンをかけたことがあるのかと思うような、折り目の消えたズボン、しわくちゃの上衣……。

それでも、まだ涼しげにしているのなら許せる。顔に汗を浮かべ、ワイシャツが肌にはりついているのが見えているのでは、思わず顔をしかめたのも当り前のことだ。

おまけに、その若い男は、やけに太っていた。首はなきに等しい。腹がぐっとせり出して、見ただけで暑くてたまらない。

「失礼ですけど」

と、私は言った。「どなたですか？」

「僕は――」

と、その男は内ポケットから、手帳を覗かせた。

「刑事さん？」

「県警の、丸山《まるやま》というんだ」

くしゃくしゃのハンカチを取り出して、「しかし暑いね、この町は」

と、顔を拭《ふ》く。

丸山ね。――丸山というより、「丸々」って感じだわ、と私は思った。

「君たち、殺された女の子と友だちだったの？」

厚子と私は顔を見合わせた。

本当なら、こんなことには係り合いたくない。それが、厚子と私の正直な気持だった。しかし、今の会話を聞かれてしまった以上は、何も知らないとは言えない。

それに――私としても、克枝を殺した犯人は、早く見付けてほしかった。

「私たち、同じクラブの一年先輩です」

と、私は言った。

「そうか。気の毒なことをしたね」

丸山という刑事は、歩いて来ると、保健室の中を覗き込んだ。「いやなもんだ。殺しの現場っていうのは」

厚子が、私をつつく。仕方ない。こんな時には、私の方が一歩前に出ることになっているのだ。

「――今の話だけどね」

と、丸山刑事は言った。「もう少し詳しく聞かせてくれないかな」

「ええ」

と、私は肯いた。

「もう少し涼しい所ってないの？」

と、丸山刑事が、うんざりしたような声で言った。

「体育館が少しは涼しいです」

「じゃ、そこへ行こう！」

丸山刑事は即座に言った……。

――体育館は、昼間、校舎の陰になるのと、コンクリートの床が冷たいせいか、外よりは大分涼しい。

「やあ、こりゃ天国だ！」

と、太った刑事は、大きく息をついた。「上衣を脱がせてもらうよ」

私たちは、体育館の隅に丸めたままになっていたマットに腰をおろして、話し始めた。

ほとんど私が説明し、丸山刑事は、口を挟まなかった。名前や住所のメモは取ったが、それ以外の話は、じっと目をつぶって、暗記でもしようとしているように見えた。──眠ってるんじゃないかと心配になったくらいだ。

「──なるほど」

と、丸山刑事は、聞き終ると肯いた。「これで、メモにあった〈話の続き〉というのが何のことなのかは分った。しかし、実際には何も聞いてなかったのと大して変らないわけだね」

私は、ちょっと戸惑った。

「どういう意味ですか?」

「いや、もちろん、森下克枝君の話は大切だ。そのロケ隊のパーティのあった夜、保健室で、男と女が──その──けしからんことをしていた、というんだからね」

若いのに、「けしからんこと」などと言い出すので、おかしくなってしまった。

「しかし、君らは、その男も女も、誰だったのか知らない。そうだね」

「そうです」

と、私は肯いた。

厚子も黙って肯く。

「もし、森下克枝君が、それを見たために殺されたんだとしたら、君らにも危険が及ぶかもしれないってことだ」

私はハッとした。そんなことなど、考えてもみなかったからだ。

「怖い……」

と、厚子が呟いた。

「そうだよ。恐ろしいことだ。もし、誰か立ち聞きしていた人間が犯人だとしたら、君らが知らないってことを分っているから、大丈夫だろうがね」

丸山はメモ帳を、上衣のポケットに入れた。「だけど、君らの話は、もちろん表には出さないよ。万が一、ってこともあるからね。それから、その、女の先生というのは？」

「風間先生です。ご主人も奥さんもここの先生ですから」

「どこに住んでる？」

説明を聞いて、丸山は肯いた。「分ったよ。今、大体町の中を歩き回って、頭に入れたからね」

丸山は、マットから立ち上ると、

「君らが話していた、窓の外へ行ってみたいんだ。案内してくれないか」

「ええ」

「――また炎天下へ出て行くのか」

と、丸山がため息をつく。

保健室の窓の下へ来て、丸山は、地面の方にしゃがみ込んでいた。

「――足跡がつくほど柔らかい土じゃないな。それに手がかりになるような物も落ちていない。なかなか、小説みたいにうまくいかないもんだね」

それはそうだろう。私は、丸山が少しのび上って保健室の中を覗き込むのを見物していた。

「森下克枝君というのは、どれくらいの背丈だった？」

と、丸山が訊いた。

「割と小柄でした」

と、厚子が言った。「法子と同じくらい？」

「少し私の方が大きい。二センチくらいかしら」

「すると……こんなもんか」

丸山は手で私の頭から二センチぐらい下を測って、膝を曲げると、自分の頭をそこまで下げ、もう一度、保健室の窓の方へ向いた。

「君たち、頼みがあるんだけどね」

「何ですか?」

「中へ入って、そのベッドに寝てみてくれないか」

私と厚子は顔を見合わせた。

「だって――入っちゃいけない、って――」

「大丈夫。僕が頼んでるんだから。ベッドの上で……その……男女が愛し合うような格好で――」

私は真赤になって、

「いやです!　そんなことできません!」

と、かみついてやった。

ただ、上に寝たり起き上ったりするだけでいい、ということになって、私一人が中へ入った。もちろん、入口まで回ってのことだから、またすっかり汗をかく。

保健室の中へ入ると、あまりいい気持じゃなかったが、固い小さなベッドの上に腰をおろした。外で、丸山刑事が手を振っている。

私は、まず、ベッドに仰向《あおむ》けに横になった。――あの時、克枝はここに寝ていて、私たちをびっくりさせたのだった。

少しして起き上る。それから窓の方へ歩いて行って、ガラッと開けた。

「どうですか?」

「ありがとう。しかし、妙だよ」

と、丸山は首を振って言った。

「何が？」

「この窓はかなり高いからね。ここに立っていただけじゃ、ベッドに起き上った君の頭も全然目に入らない」

「でも克枝は……」

「うん。彼女はもしかすると、ここから見たんじゃないかもしれないね」

私は、窓を閉め、また表に回った。丸山と厚子は木陰に入って待っていた。

「――その友だちのこととか、色々訊きたいんだが、いいかな」

と、丸山が言った。

「ええ。よろしかったら、うちへどうぞ」

私は、この刑事に興味を感じ始めていた。

「やあ、そりゃありがたい。君のうちは、雑貨屋さんだったね」

「そうです」

厚子ともども、三人で、うちへの道を辿って行く途中、丸山刑事は言った。

「克枝君は、ある秘密を知っていた。それを君らに話そうとした……」

「そのせいで殺されたんでしょうか」

「何とも言えないね。もしそのせいだとしても――」

「何ですか？」

「克枝君が話したのは、君らだけだったのかな？　――そんな凄い秘密、誰にでもしゃべりたくなるんじゃないか」

私は、思わずこの太った刑事を見直した。

確かに、私だって、何日も黙っていられたかどうか……。

7 少年

その時ばかりは、厚子も、うだるような暑さを忘れてしまったようだった。

「嘘！――ね、嘘でしょ！」

「しっ」

と、私は厚子をたしなめた。「お葬式よ。大きな声、出さないで」

「だって……」

克枝の葬儀には、もちろん町の人たちは一人残らずやって来ていた。

少し曇っていて、陽射しの強さはそれほどでもなかったけれど、その代り、ムッとする蒸し暑さで、風がまるでない。そんな日に、セーラー服を着て、表に立っているのは、本当に拷問《ごうもん》のようなものだ。

もちろん、「さめてる」と言われる私たちの世代だって、克枝の死は悲しかったし、泣きもした。でも、その涙が、この暑さを帳消しにしてくれるわけではないのだ。

しばらく間があった。——厚子が本気にしないのも当り前だ。

突然、上原洋介が私のお父さんになるのよ、なんて言ったところで、誰が本気にするだろう？　厚子が、やっとのことで、

「本当なのね」

と、言った。

「うん。——ロケ中に、いつの間にかお母さんと親しくなってたみたいなの」

「へえ……」

厚子としても、今は何と言っていいか、分らない様子だった。

焼香をすませて、泣きながら出て来る一年生たち。——そういえば、克枝は、大人びてはいたけれど、まだ一六歳だったんだ、と私は思った。

たった一つでも、自分より年下の人間が死ぬという場面に出会うのは、初めてのことだった。一六歳で……。間違ってる！

「法子、じゃ、お母さんが結婚したら、東京に住むわけ？」

と、厚子が訊いた。

「後で。ここじゃ詳しいこと、話せない」

と、私は低い声で言ってから、「でも、絶対に秘密だからね」

と、念を押した。

「うん」

「本当よ。いい？」

「分ってる」

と、厚子は、ちょっと顔をしかめた。「でも――ショックだ！」

「――やあ」

と、声がした。

振り向くと、いつの間にやら、あの丸山という刑事が立っている。

「どうも」

と、私は、会釈《えしゃく》した。

「もう焼香したの？――そうか。いや、この間はお邪魔したね」

「いいえ」

と、私は言った。

それにしても、この刑事、足音をたてないで歩くのが、よほど得意なんだわ。この前、保健室の前で初めて会った時もそうだった。

この重さで、足音をたてない、っていうのは、不思議といえば不思議だ。

「何か分ったんですか」

と、私は訊いた。

「どうもね……。長くなりそうだな」

と、丸山は言った。「暑いね、今日も」

じっと立っているだけだが、もう丸山は汗をかいていた。

「君、また明日、東京へ行くんだったね」

と、丸山が言い出した。

「そうです」

厚子が、黙ってチラッと私の方を見る。

「この間の話を、一応書類にまとめてみたんだ。すまないけど、今日中に目を通して、違ったところがないか、確かめてほしいんだよ」

「分りました。――じゃ、どうすればいいんですか?」

「僕が、君のお宅へ持って行ってもいい。夕方なら、構わないかな」

「ええ。母もいると思います」

「じゃ、そうしよう。――東京の方が涼しいだろうね」

と、くしゃくしゃのハンカチで額を拭う。

「暑いですよ。でも、クーラーの入ってる所が多いから」

「クーラーか! 僕も夏になると、自分のボロアパートに帰るのがいやになって、泊り込んじまうことがあるよ」

丸山は、フウッと息をつくと、「それじゃ、僕もご焼香させてもらおう。——夕方五時ごろに伺うよ」

「母にそう言っておきます」

丸山が、克枝の家へと歩き出した時、車の音がした。

振り向くと、真新しい車が停ったところだった。

「——誰の車？」

と、厚子が言った。

「知らない……。見たことないね」

と——車から、見知った顔が降りて来た。

「何だ。また車、替えたのね」

と、厚子が言った。

「そうらしいわね」

丸山刑事は、足を止めて、その頭の禿《は》げ上った、パッとしない中年男が、少し背中を丸め、急ぎ足で森下家へと入って行くのを、見送っていた。

その男は、受付に記帳し、香典の袋を出して行ったが、それはいかにもせかせかして、仕方なしに義理で来たんだ、ということを隠そうともしていなかった。

その男が入って行くと、丸山が私の方へ戻って来て、

「今の人は?」

と、訊いた。

「え?」

「今、入って行った男だよ」

「ああ。平井《ひらい》さんです」

「平井……。どこの家だろう?」

と、丸山が眉を寄せた。

「町の外れです。学校と反対の方の。ちょっと凄い家」

「ああ」

丸山は肯いた。「趣味の悪い、あの家か」

「そんなこと言っちゃ――」

「でも、本当よ」

と、厚子が口を挟む。

「そうか。あの家のね……」

丸山は何度も肯いて、「何をしてるんだい、仕事は?」

「さあ……」

私は厚子と顔を見合わせた。「知ってる?」

「よく知らないけど……。何だか、色んなことに手を出してるんじゃないの?」

「私も、それぐらいしか聞いたことないんです。でも、お金持みたい。車も年中買い替えてるし」

「別に、この町で店を持ってるとかいうんじゃないんだね」

「ええ。でも、もともとはこの町の出身なんですって。母から聞いたことがあります。しばらく町を出てて、四十過ぎてから、戻って来たって。もう、その時は相当なお金持だったみたいですよ」

「ふーん」

丸山は何を考えているのか、いやに何度も肯いている。平井さんがどうかしたんですか、と訊いてみようと思っていると、当の平井が、森下家から出て来た。

何とも早い。焼香を済ませて、パッと出て来たのだろう。

家の外には、町の大人たちもずいぶん大勢立っていたのだが、誰とも挨拶を交わすでもなく、一秒でも時間が惜しい、という様子で車に乗り込むと、アッという間に走り去ってしまった。

丸山刑事は、しばらくその車を見送っていたが、やがて我に返ったように、私と目が合って、

「いや——きっとあの車はクーラーが入ってるんだろうと思ってね」

と、言い訳がましく言うと、森下家へと歩いて行ったのだった……。

「私、平井さんって、嫌い」

と、厚子が言った。「何だか、暗くって、何を考えてんのか、分んなくて」

「あんまり好きな人、いないんじゃない？」

と、私は言った。

それでも、町の人たちは平井を無視しておくことはできない。何といっても、間違いなく平井はこの町きっての金持なのだから。

「――あら」

私は、ふと一年生たちのグループの方へ目をやって、何か騒いでいるのに気付いた。

「どうしたの？」

と、急いで行ってみると、一年生の女の子が一人、青い顔で倒れそうだ。

「貧血、起こしたみたいで……」

「暑いからよ。――どこか、涼しい所……。ほら、手を貸して」

一応、二年生としては、後輩の面倒もみなくちゃならないのだ。

一年生の子、二人に手伝わせて、私は貧血を起こした子を、克枝の家の裏手に連れて行った。

ちょっとした川が流れていて、その木陰は大分涼しいのである。

「――すみません」

と、その一年生が、やっと口を開いた。

「いいのよ。あ、もう戻っていいわ」

と、私は、ついて来た一年生の二人に言った。

「――少し休めば良くなりますから」

一年生の、この子は、確か……。

「あなた、三屋《みつや》さんだっけ」

「はい……。三屋久美《くみ》です」

色白の、見るからにおとなしい子である。

「ちょっと待ってね」

私は小川の方へ下りて行くと、ハンカチを、川の流れに浸した。水は、いくらかはぬるくなっているのだろうが、この気候の中では、快い冷たさを感じさせた。

「――さ、これで顔を拭いて」

軽く絞ったハンカチで、三屋久美の顔を拭いてやる。

「気持いい……。もう大丈夫です。すみません」

「私だって、あそこでボーッと立ってるより、ここにいた方がいいわ」

と、私は言った。

別に、三屋久美のそばにくっついていたからといって、私が美少女趣味の持主と思われても困るのだけれど、確かに、このいかにもかぼそい子を見ていると、つい構ってやりたい気持になるのは事実だった。

「――克枝と、仲良かった？」

と、私は言った。

三屋久美の反応は、ちょっと私を戸惑わせた。思いがけないほどの素早さで、

「別に」

と、答えたのだ。

克枝との間に、何かあったのか、よくは分らなかったが、ともかくただ同じ学年というだけではないらしかった。

しかし、そんな風につい自分の気持を見せてしまったのを恥じるように、久美は、

「指田さんは……演劇部で一緒だったんですよね」

と、言った。

「そう。――よく練習をさぼる部員だったけど、舞台に立つと、目立ったわね。そんなところのある子だった」

「そうですね。クラスでも、目立ってましたから」

と、久美は、いつもの、何の抵抗も感じさせない口調で言った。

間があった。私は、何となくこの久美を一人で置いて行く気になれなかった。久美の方も、それ以上、「一人で大丈夫」と言わなかったのは、おそらく心細くて、本心では、そばにいてほしかったからだろう。

「三屋さん、演劇部に入れば」

と、私は何となく言ってみた。

「私……。大して役に立ちません。こんな風で、体もあんまり丈夫じゃないし、不器用だし……」

「でも、舞台には立てるでしょ」

「出る方ですか？　全然！」

少し、久美の頬に赤味がさした。「気が弱くて。腰が抜けちゃって、セリフも忘れちゃいます」

「オーバーね」

私は、微笑んだ。「そういう人の方がいいこともあるのよ、舞台では」

「でも、私は——」

と、言いかけて、久美がハッと息をつめるのが分った。

久美の視線を追って、顔をめぐらすと、一人の少年が立っていた。

一瞬、久美の兄弟かと思ったくらい、その少年は、印象がよく似ていた。細くて、青白い顔色、そしてうつむき加減に、少し上目づかいの、暗い眼差し。

「気分悪くなったのか」

と、その少年が、久美に言った。「また貧血だろ」

「もう、良くなったわ」

と、久美は言った。「――で焼香は？」

少年は、ちょっと肩をすくめた。

誰だろう？　全く、私の知らない顔だった。

「お別れを言わなきゃ」

と、久美が言った。「克枝さん、可哀そう」

「うん……。でも、親父が行ったから」

「そんなこと――」

「いいんだ。俺はここで」

少年が足下の小石をけった。石は、小川の流れに、音をたてて消える。

「あの――二年生の、指田さんよ」

と、久美が私のことを紹介した。

「知ってるよ。演劇の発表で見たことある」

私は、その少年が、ずっと年下——といっても、まだ一四、五かと思っていたのだが、よく見ると、そうでもない。ただ、坊っちゃんくさい雰囲気を持っていて、少し幼いくらいに見えるのだ。

「あの……平井君です」

と、久美が言った。「平井正啓《まさひろ》君」

「平井？」

あの平井の？——私はびっくりした。

「いいよ、そんなこと言わなくても」

と、その少年は、暗い顔になった。

「だって——」

「もう、帰るよ」

と、少年は言った。「どうせ、犯人なんて捕まりゃしないんだしな」

その言葉が突然だったので、面食らった私は、それ以上少年に話しかけるきっかけを失ってしまった。少年は、足早に、立ち去ったが、小川沿いに歩いて、森下家の前に集まっている町の人たちに会わないようにしたらしかった……。

「平井君って……。あの町外れの平井さんの所の……？」

「そうです」

「あの人の子供？——若いのね、ずいぶん！」

「一七ですよ。指田さんと同じ」

「一七？——一五くらいかと思った」

私は、わざとそう言って、「でも、どうして見たことなかったんだろう」

「ずっと東京の学校へ通ってるからです」

「東京の？　じゃ、高校も？」

「ええ。今は夏休みだから……。でも、あんまりこの町へは来なかったんです。たいてい、休みはどこかへ旅行してて」

「へえ……」

それにしても、ずっとこの町に住んでる私も見たことがないというのは、妙なものだった。

「あの子——平井……正啓、だっけ？　克枝のことを、知ってたの」

「ええ。そうらしいです」

と、久美は言って、「よくは知りませんけど、私」

と、付け加えた。

その言い方には、もう話したくない、という気持が込められているようだった。

私はそれ以上、訊かなかった。そんな余裕もなかったのだ。

森下家の表の方が騒がしくなって、出棺になったことが分ったからである……。

「私、行くわ。――どうする？」

「もう大丈夫です」

と、久美は立ち上った。

「でもね」

と、私は言った。「この服も、本当に何とかしてほしいわね」

久美は、何を考えているのか、何とも言わなかった。

「くれぐれも、よろしく」

と、母が、厚子に言った。

「ご心配なく」

厚子が、微笑んで、「私、そんなに口は軽くないです。体の方も軽くないけど」

「まあ」

母が、ちょっと笑った。

――克枝の葬儀の翌朝、私たちは再び東京に向けて発つことになった。

厚子が駅へ送りに来てくれたのだ。

「しゃべったら、絶交だからね！」

と、私がさらにおどかしておく。

「信じないのか、友人を」

と、厚子が私のわき腹をつついた。

「世間の話題になるより前に、この町の皆さんにはお話ししますからね」

と、母は言った。「噂《うわさ》のような形で伝わるのは、却って失礼ですから」

「分りました」

「叔母さんにも、内緒よ」

「叔母にしゃべったら、もう五分で町中に知れ渡っちゃう」

と、厚子は言った。

これは、決して大げさではないのだ。

「――あ、来たよ」

電車が見えて来て、厚子は、「じゃ、また電話してね」

と、私の肩を叩く。

「うん。――そっちも、何か分ったら」

「丸山って刑事、ちょっと頼りないけどね」

と、厚子は言って、「じゃ、バイバイ」

と、駅から出て行った。

母と私。――他には乗る客もないようだった。

「――今日も暑くなるわね」

と、母は空を見上げて言った。

8　秘密の恋人

自慢じゃないけど――と、改まるほどのことでもないが、私は泳げない。

あの山間《やまあい》の町に育ったのだから、その点はまあ、大目に見てもらうことにして、でも今日まで、泳げないってことを、そう苦にしたことはなかった。

なぜといって――あの町じゃ、泳げないってことは、少しも珍しいことじゃなかったからだ。一応学校にはプールがあり、授業として、水泳もあるにはあったが、本格的に暑いころは、夏休みだし、別に得意でもない泳ぎのために、わざわざプールへ通うこともない。

それに、監督する先生がいなかったせいもあるだろう、プールは夏休みの間、この二、三年は閉鎖されていた。九月に入って、何度か授業でプールに入るが、たいていはワイワイキャーキャー女の子同士、騒いでいる内に終ってしまうのだった。

でも……。今、本当に私は後悔している。

泳げるようになっておくんだった！

確かに、泳げなくても、雰囲気を味わうことはできる。――ホテルのプール。

ずっと高い階にあるので、何だか奇妙な感じだ。

ガラス張りの天井からは陽が射しているが、肌には優しい。そこにデッキチェアを長くのばして、水着姿で横になる。

何となく、TVドラマの中の女性になったみたいで、いい気分である。

もう何度か入っているので、大分余裕ができたが、初めての時は、ロッカーがどこなのか、タオルをどこへしまえばいいのか、どこを通ってプールへ出るのか、まるで分らず、やっと水着に替えて、プールサイドへ出るまでに、くたびれ果ててしまったものだ。

もちろん、プールに来たからには水にも入りたい。でも……。

一年中、このプールは開いているのだろうが、それでも、やはり夏は混み合うらしい。プールの周囲のデッキチェアも、一つも空きがない。

そして、プールを、いとも楽しげに泳ぐ人たち……。

どう注意して観察しても、まるきりのカナヅチというのは、私だけだったのである。

しかも、悪いことに……。私は、まさかプールに入るとは思っていなかったから、水着も持っていなかった。このプールで、貸してくれたのを身につけたのだが、それが、紺の競泳用。

プールサイドに、よく陽焼けした肌をさらしている女性たちは、みんなビキニやセパレーツで、色も柄も、「これが水着？」と目をみはるほど、華やかである。

その中で——年齢が若いといっても——一人、紺の競泳用水着を着て、プールに入るのには、かなりの勇気を必要とした。

泳ぎが、ずば抜けてうまいとかいうのならともかく……。この格好でカナヅチじゃ、救われない！

「全くねえ……」

と、思わず私は呟いたものだ。「いい気なもんだわ」

私がこうして、プールサイドで一人、時間を潰さなくてはならないのも、母が上原洋介と二人で出歩いているからなのだ。

前には、いくらか私に遠慮していた母も、森下克枝の事件で一旦町へ帰り、また上京して、上原洋介に再会すると、もう私の目など構わずに、会うなり抱きついたりして……。

年ごろの娘を、あんまり刺激しないでよね、と文句を言いたいのをじっとこらえて、

「じゃ、お母さんたち、ちょっと出て来るわね」

と、いそいそと出かけて行く母へ、私はおとなしく、

「行ってらっしゃい」

と、手を振ってやるのだった……。

かくて——私は一人寂しく、プールサイドに引っくり返っているという次第。こうしていると、外の暑さが嘘のようだ。

もちろん、ここも暑いが、空気が乾いているのか、大分爽《さわ》やかなのである。

私は、寝そべっているのにも飽きて、立ち上った。あんまり長く横になっていたせいか、少しめまいがする。

私は、ガラス窓越しに表を眺めた。

周囲のオフィスビルが、眼下に見えるのは、何だか奇妙な光景だった。プールが、こんな高い所にある、ってこと自体、どうも妙な気がしてならないのだ。

オフィスで、忙しく動き回る人々の姿が、よく見えた。向うからも、こっちの姿が見えているのだろう。

私たちは夏休みでも、今日は平日なのだから、ほとんどの大人たちは、いつもの通りに出勤して、働いているわけだ。

そんな時、水着姿でのんびりと自分たちを見下ろしている女の子を見たら、どう思うかしら？

何となく申し訳ないような気になって、プールサイドに戻った。プールの中は空いて来ている。

面白いもので、何回かここへ来ている内に分って来たのだが、混んでいる時でも、いつも大勢が泳いでいるとは限らない。

何となく、ワーッと水に入って、それこそ五メートルも進めないくらい混み合ってしまう時もあれば、何だかスーッと潮が引くように、みんなプールから上ってしまって、泳いでいるのはほんの数人なんてこともあるのである。

泳ぐのが好きな人は、そういう時を見はからって、パッと入って颯爽と泳ぐ。——こっちのように泳げない人は、混んでいる方がありがたいのだ。

少しバチャバチャやっては、すぐに立ってしまっても、混んでるせいにできる。

「いやねえ、すぐぶつかっちゃう……」

とでも独り言を言って、顔をしかめれば、まさかカナヅチとは思われまい——。

ま、こんな所まで来て、見栄を張っても仕方ないのだが。でも——せめて、水着だけでも、もう少しましなのを……。

そうだ。こう毎日、お母さんの都合に合わせてあげているのだから、今夜、食事の時にでも話をしよう。——思い切り大胆なビキニの水着でも着てりゃ、少しは気分がいいというものだ……。

「——お姉ちゃん」

と、呼ばれたのが、まさか自分のこととは思わず、プールのへりに腕をかけて天井を見上げていると、チョンチョンと肩をつつかれた。振り向くと、七、八歳の女の子。何とも可愛い（かつ、高そうな）スカートのついた水着を着ている。

「なあに？」

「泳ぐの、教えて」

「え？」

仰天《ぎょうてん》して、目をパチクリさせていると、

「ここの先生でしょ？」

「ああ……」

少し考えて、やっと分った。このプールには、ホテルで雇った「指導員」というのがいて、初心者に泳ぎを教えているのだ。

私の着ている競泳用の水着が、その指導員のものとよく似ているので、どうやら誤解されたようだった。

「あのね、私は違うの」

「先生じゃないの？」

「うん。――あなた、お母さんと一緒？」

「うん」

「じゃ、お母さんに教えてもらったら？」

「ママ、泳げなくて、先生に習ってるんだ」

「あら、そう。困ったわね」

と、私は言った。

「ママが言ったの」

「何て？」

「ああいう水着のお姉ちゃんは、泳ぐのが上手だから、教えてもらってなさいって」

「あらそう」

何とも図々しい母親だ。しかし、この子の愛くるしい笑顔を見ていると、あまり怒る気にもなれない。

「いいわ」

と、私は言った。「でもねえ。お姉ちゃんも泳げないんだ」

「本当？」

「うん、本当」

「全然？」

「全然」

「じゃ、ユリの方が上手だ！」

と、女の子は勝ち誇ったように言った。「ユリ、五メートル泳げるんだもん」

「負けた！」

と、私は笑って言った。「じゃ、ユリちゃん、お姉ちゃんに教えてよ」

「いいよ」

ユリという子は、真面目な顔で言った。

「あのね、水をこわがっちゃいけないんだからね」

「はい、先生！」

と、私は素直に返事をした……。

——泳げない同士の「練習」も、なかなか楽しいものだった。

私も、いくら何でも七つ八つの子に負けては見っともないので、必死に息を止めたままで、プールの横幅——せいぜい十メートルそこそこだったろうか——を泳ぎ切るところまで上達したのだった。

「——お姉ちゃん、泳げるじゃない。その調子だよ」

と、先生が賞《ほ》めてくれる……。

「でも疲れちゃった！　——ね、ちょっと上って、コーラでも飲もうか」

「うん」

何事でも、下手な同士は、休むことにかけては、すぐ意見が一致する。

プールを上って、私のタオルで、ユリという子の体を拭いてから、自分もさっと拭くと、二人して、サウナ室の脇にある、ドリンクコーナーに行った。

コーラが自由に飲めるようになっているのである。もちろんタダ！　――初めてここへ来た時には、大感激したものだ。

「――おいしい？」

「うん」

と、ユリという子は、両手で紙コップをしっかり持ってゴクゴクと飲んでから、

「――ママに内緒」

「どうして？」

「コーラ飲むと虫歯になるから、飲んじゃだめって言われてんの」

「あら、そう。じゃ、二人の秘密だ」

「うん」

と、ユリは肯いて、「――あ、ママだ」

「え？　まずいね」

「大丈夫。お姉ちゃんが怒られないようにしてあげる」

子供に気をつかってもらって、私は笑うしかなかった。そして、

「ユリ」

という声の方を振り向くと――。

私が戸惑ったのは、そこに立っている女性が、この女の子の母親にしては、あまりに若く見えたからだった。

「どうしたの、ユリ？」

「このお姉ちゃんと、泳ぐおけいこ、してたの」

「え？――まあ」

と、その女性はびっくりした様子で、「あの――すみません。この子ったら……。私ここの指導員の方のことを言ったのに」

「ママ、このお姉ちゃんのこと、指さしてたよ」

と、ユリが抗議した。

「そうじゃないわよ。ママは――」

「あ、いいんです」

と、私は言った。「ユリちゃんと二人で、泳ぐ練習してたんです。ねえ。――私も泳げないんで。今、ちょっと一休みしてたとこなんです」

「すみません、ご面倒をかけて。――ユリ、よくお礼を言ってね」

「もう上るの？」

「ママはもう少し泳ぎたいけど。もう上りたいのなら、上ってもいいわ」

「このお姉ちゃんと、もう少し、おけいこする」

「だめよ。ユリなんかと一緒じゃ、ご迷惑だわ」

「いえ、構わないんです」

と、私は言った。「二人で、何とか十五メートル泳ぐまで頑張ろうね、って、話してたんですから。本当にいいんですよ」

「まあ……。じゃ、あと三十分ほど、お願いできますか」

「ええ、どうぞ」

「すみません。よろしくお願いします。ユリ、おとなしくしてるのよ」

「してるよ」

「してるよねえ」

と、私は、ユリという子と肯き合った……。

プールサイドへ戻ると、ユリのママは、また指導員の女性について、クロールの息つぎの練習を始めた。

私は、ユリと二人で、周囲のビルを眺めながら、

「ユリちゃんのママ、若いね」

と、言った。

「二六だよ」

二六……。ユリという子は、七歳だということだったから、あのママは、一九歳で

ユリを産んだことになる。――一九歳！

私は、水から顔を上げては息つぎの練習をしている、ユリのママの方を見て、ちょっと不思議な気がした。

一九といえば、今の私と、たった二つしか違わないのだ。どんな男性と結婚したのか知らないが、ずいぶん若い。

まあ、こんな高いホテルのプールに来ているのだから、暮し向きは悪くないのだろう。それとも、もともとお金持で、親のお金で遊んでるのか……。

私はそう野次馬根性の旺盛な方だとは思わないが、それでも、こんな母子には、関心を持たざるを得ない。

ただ……。何となく、だったけれど、あの若い母親には、この無邪気そのものの子とはあまり似合わない「かげ」のようなもの――寂しそうな雰囲気があった。

もちろん、それは私の思い過しだったのかもしれないが。

――ユリという子と二人で、またひとしきり泳ぎの練習をして、へりに腰をかけたまま一休みして――。

「ユリちゃん、ここに泊ってるの？」

と、私は訊いてみた。

このプールは、もちろん宿泊客が利用するためにあるのだが、そこは商売で、外来の客も入ることはできる。ただし、べらぼうに高いけれど。

「うん」

と、ユリは肯いて、「お姉ちゃんも？」

「そう。お母さんと二人でね。学校夏休みだから。ユリちゃん、いつまで泊ってるの？」

「ずっと」

私は、戸惑って、

「ずっと？」

と、訊き返した。

「そう。ずっとここにいるんだ。いつも同じもん食べてるから、飽きちゃった」

「へえ」

――ユリの「ずっと」というのが、どれくらいの期間を言っているのか分らないけれど、少なくとも、私と母の滞在より長いことは確かなようだ。

プールの係員が一人、プールサイドへやって来ると、

「佐野《さの》さん」

と、プールの中へ呼びかけた。「佐野さん、お電話です」

すると、ユリが、

「ママ！　電話！」

と、大声で呼んだ。

子供の甲高い声の方がよく通る。ユリのママが、水から顔を出して、振り向いた。

──佐野というのか、あの人。

ユリのママは急いで水から上ると、係員について行った。

プールサイドから見える所に、係員のいる席があって、そこに電話がある。ユリのママは、少し電話で話をして、すぐに私たちのいる方へとやって来た。

「パパから？」

と、ユリが訊いた。

「そうよ。もうすぐ来るって。出ましょう、急いで」

しかし、パパが来ると聞いても、ユリの顔は一向に明るくならなかった。残念そうに私を見て、

「じゃ、お姉ちゃん、またね」

「うん。またおけいこしようね」

「明日も来る？」

訊かれて、ちょっとためらった。いつもいつも、こんなよその子の相手じゃかなわないし、といって、この子に嘘をつくのも、ためらわれた。

「来れたらね。お出かけかもしれないの。分らないのよ」

「じゃ、来れたら、来てね」

「うん。ユリちゃんもね」

「どうもご面倒をおかけして」

と、ユリのママは頭を下げ、「さ、行くわよ」

ユリの手を引いて、急いで歩いて行く。——デッキチェアにかけてあったタオルを取って、指導員の女性に頭を下げると、親子の姿は見えなくなった。

こっちもそろそろ出るかな。——私は、プールから上って、伸びをした。一日分の運動は、充分にこなしたようだ。

「——あ、ごめんなさい」

ぶつかりそうになったのは、指導員の女性だった。今、ユリのママを教えていた女性である。

「——あなた」

「え？」

と、振り向くと、

「今の子と、お知り合い？」

子供と「知り合い」っていうのも妙なもんだ。私は首を振って、

「そうじゃないです。ただ、たまたま……」

と、言った。「ずいぶん長く泊ってるみたいですね」

「そうね。もう半年ぐらいじゃないかしら」

「半年？」

私はびっくりした。いくら「ずっと」だといっても、せいぜい半月か一ヵ月くらいのものだと思っていたのだ。

「そう。スイートルームを家代りにしてるのよ、あの人」

「凄い」

と、私は目を丸くして、「よっぽどお金持なんですね」

「パパがね」

という言い方に、少し、秘密めかしたところがあった。

「パパ……」

「あの人、お金持の二号さんなのよ」

と、指導員の女性は少し低い声でそう言ってから、「ホテルの人は、もちろん、みんな知ってるわ」

と、付け加えて、歩いて行った。

二号さん……。何だか古くさい、どことなく暗い感じの言葉だ。

それを聞いて、私にもあのユリちゃんという子のママの、どこか寂しげな表情に、納得がいったような気がした。

もちろん——だからといって、どうってことないじゃない。ユリちゃんの可愛さに、何の変りもないのだし……。

私は、もう何だか泳ぐ気もしなくなって、タオルを手に、プールを出ることにした。

9　すれ違う視線

「オス！　元気にしてる？」

電話の向うから、厚子の声が飛び出して来た。

「元気よ。もっとも、お母さんの方はもっと元気」

私が答えるのを聞いて、鏡の前にいた母がチラッとこっちを見てにらんだ。

「厚子、ちょっと待ってね。――お母さん、先に行ってていいよ。厚子と少し話してから行く」

「分ったわ。じゃ、焼肉のコーナーよ。あんまり遅れないでね」

「お母さんは、上原さんと二人の方がいいくせに」

「何よ、親のことを――。じゃ、待ってるから」

「はいはい。行ってらっしゃい。――あ、お待たせ」

「いいの、話してて」

「うん。どうせ私は除《の》け者なの」

「ハハ、仕方ないね、そりゃ」

「笑うな」

「恋人の一人や二人、見付けたかと思った。六本木とか原宿とか、歩かないの？」

「この暑いのに？　そんなに物好きじゃないわよ。どう、町の方は？」

「うん。相変らず。叔母さんは、まだ気が抜けたみたいになってるよ」

「大変だったもんね、ロケの時は」

「でも、映画は十月公開でしょ。それが、もう、結構客がふえてんだって。宣伝って大したもんね」

「じゃ、そうぼんやりもしてられないんだ」

「そう。私たちも、映画が封切られたら、ワッと取材が殺到――しないかな」

「期待しない方がいいよ」

「そうね。でも、法子は確実に狙われるじゃない」

「別に、私が狙われるんじゃないわ。どっちかっていえば、お母さんの方よ」

「いつ、発表するの？」

「来週みたい。日が決ったら、連絡する」

「TV、見てるよ」

「はっきり決ってるわけじゃないんだけどさ」

と、私は言った。「町の人にもお世話になったし、ってお母さんが言ってるの。町へ帰って、記者会見やろうかって」

「それ、いいね！」

「二人の、なれそめも説明できるし。そうなったらさ、きっと厚子の叔母さんの旅館を、またお借りすることになるわ」

「それ聞いたら、きっと頭に血が上って、引っくり返るわ、叔母さん」

「言わないでね。今、プロダクションの了解を取りつけてるみたい。はっきりしたら、お母さんから電話させるわ」

「うん、待ってる！」

少し間があって──本当に、訊かねばならないことを、訊くことにした。

「どう？　捜査の方、進んでるみたい？」

「あの丸山って刑事が、大分汗流して歩き回ってるわ。ただ……何だか変なムードなの」

「どんな風に？」

「うん……。良く分んないのよ」

「厚子ったら。隠すことないじゃない」

「隠してないよ！　ただ──何か分ってるみたいなの、警察の方は」

「じゃ……犯人が？」

「それしか考えられないじゃない」

「そうね。誰なんだろ？」

「分らないけど……。何だか、町の人も変なのよ」

「どうして？」

「この数日、パッタリ、事件のこと、話さなくなったの。本当よ。気のせいじゃないわ」

「じゃ――町の人も知ってるの？」

「おかしいと思わない？　私たちの耳にも入るはずでしょ」

「そうね」

「それが、全然。ピタッと口を閉じてる、って感じ。私、母さんにも訊いてみたんだ。母さん、何だかギクッとしてた。何も知らないって言ってたけど……。でも、あれは絶対知ってるのよ」

「へえ。何だかいやね」

「その前、町会の集りとかが、ずいぶん何度もあったの。夜遅くに、急に集まったりね。――何やってんのかな、って思ってたんだけど」

「じゃ、犯人逮捕が近いのかな」

「かもね。──ま、何か分ったら知らせるわ。今日も、彼と一緒に?」

「え?　ああ、上原洋介?　そうよ。毎日、二人で出っ放し。こっちは一人でプール。侘《わび》しいもんよ」

「ぜいたく言うなって。──あ、叔母さんだ。じゃ、またね」

「家からじゃないの?」

「母さんがうるさいの。長距離かける時は、旅館からにすりゃ、経費になるからって」

私は笑ってしまった。

──厚子との電話を終えて、私は、スイートルームを出た。

焼肉コーナーのあるレストランで、上原洋介と母が待っているはずだ。

エレベーターの方へ歩きながら、あの「佐野」という女性と、ユリは、どの部屋にいるのかな、と思った。それとも、そういう長期の滞在客は、別の部屋なのだろうか。

あの子──ユリという子の、無邪気な笑顔が、何となく私の心に残っていた。

「──お待たせ」

と、私は言って、席についた。

「長電話はいけないわ」

と、母がこごとを言うと、

「それぐらいは仕方ないさ」

と、上原洋介が笑って言った。

「あんまり甘やかさないで」

苦情を言いながら、顔は笑っていた。

「もっと遅く来た方が良かったかなあ」

「何を言ってるの。――さ、お食事にしましょう」

私たち三人は、メニューを見て注文を済ませた。

「――お友だちって、あのロケに参加してた子かい？」

と、上原洋介が訊く。

「ええ。岡田厚子って――」

「ああ、憶えてる。君と同じ年齢だったね」

「何か言ってた？」

と、母が訊いたので、私は少し迷ってから、

「別に」

と、答えた。「お母さんたちのこと、いつ発表するのか、気にしてた」

「明日にははっきりすると思うよ。悪いね。何しろ、うちのプロの社長は、金に細か

い人だからな。経費と宣伝効果をはかりにかけてるんだ」

「仕方ないわ。あの町じゃ、TVの人とか、来ないかもしれないし」

「来るさ」

と、上原洋介は言った。「ただ、効果的な演出を考えてるだけだよ」

「お母さん、凄い派手なドレスでも着たらいいのに」

「やめてよ。出るだけでも寿命の縮む思いなのに」

——食事を始めて、スープが来たときだった。

「プールのお姉ちゃんだ」

と、聞いたことのある声がした。

「ユリちゃん」

私は手を振った。

ユリが、母親に手を引かれて、テーブルへと歩いて行くところだった。

母親の方も私に気付いて、軽く会釈して行った。——母が、不思議そうに、

「どなたなの？」

「プールでね、ちょっと」

と、私はスープに取りかかりながら、「何しろ、お二人がいないんで、暇《ひま》で困ってるもんですから、色々、知り合いができるのよ」

私は、そっとユリたちのテーブルに目をやった。「パパ」が来ているだろうか、と思ったのである。

今は、二人きりだったが、もう一人分の食器がセットされていた。後からやって来るのだろうか。

――それほど待つことはなかった。

「いらっしゃいませ、平井様」

という声に、ふと耳を奪われて、私は振り向いた。

確かに――あの平井が、やって来たのだ。

平井啓一《けいいち》。町外れに住む、「金持」である。

そして、平井は、何とユリとあの母親のテーブルへと歩いて行ったのだ……。

「平井さんじゃないの」

母も、気付いたようだった。「驚いた。こんな所で……」

「こっちもびっくりよ」

と、私は言った。

「平井さんと……誰なのかしら」

「二号さん」

「え?」

「聞いたのよ」

プールでの出来事を話してやると、母はすっかり面食らった様子で、

「まあ。そんなことが……。でも、平井さんが、あんな若い人を」

と、顔をしかめた。

「でも、いい子よ。とっても素直で。お母さんの方は、何だか暗い感じの人だけど。佐野さんとかっていったかしら」

「知ってる人なのかい？」

と、上原洋介が言った。

「私たちの町の人よ。——みんなに嫌われてるけど」

母は、ちょっと肩をすくめて、「もうやめましょ、この話は」

いささか母らしくない、唐突な言い方だった。——何かを隠したがっている、と私は感じたのだ……。

平井が、東京に愛人を囲っている。それは大して珍しい話でもないかもしれない。

しかし、あのユリが平井の子なら、もう佐野という女性と平井の間は、ずいぶん長く続いていることになる。

あの子がねえ……。少なくとも父親に似なくて良かったわと私は思った。

「——失礼いたします」

と、レストランの人がやって来て、上原洋介に、

「お電話が入っておりますが、こちらへお持ちいたしましょうか」

上原洋介はちょっと考えて、

「いや、仕事のことだろう。行きます」

「では、レジの方で」

「ちょっと失礼」

と、上原洋介は席を立って、大股に歩いて行った。

さすがにスターで、歩く姿も、どこか人目を引く。

「――そういえば」

と、私は言った。「克枝のお葬式の時に、平井さんの息子っていうのに会ったな。私と同じ年齢なんだって」

母は、何だか少し怖い目になって、

「話をしたの？」

「少しよ。――どうしたの、そんな怖い顔して」

「別に……。ただ、あの人にはあんまり関り合わない方がいい、っていうことよ」

「どうして？　何だか変ね。町の人、みんながあの人のこと、嫌ってる」

「嫌ってるわけじゃないわ。むしろ、向うの方が避けてるのよ。――町の人たちとは

階級が違う、とでもいうようにね」

「へえ。お金持なのは確かなんでしょ」

「そうね」

「何をやってるの？」

「お母さんは知らないわよ。どうだっていいじゃないの」

わざと母を苛立たせるつもりはなかったけれど、母が平井の話を避けたいという様子を見せるほど、こちらとしては好奇心がつのるのも当然のことだろう。

「——やあ」

と、上原洋介が戻って来た。「お待たせしたね」

「そんなでもないわ」

と、母が、たちまち笑顔になる。

「いや、色々とさ。今、社長から電話で、あさって、あの町で記者会見をやろう、ということになった」

「あさってなんて……。まあ！」

「早い方が遅いよりいいじゃないか」

「同感」

と、私は言ってやった。

「式のことなんだが」

と、上原洋介は続けて、「どうだろう、法子君の学校のこともある。この夏休みの間に式を挙げたら」

「でも……」

と、母が真赤になって、私の方を見る。

今さら、こっちの意向を気にすること、ないでしょうが！

「今だって、結婚してるのと同じなんだから、いいじゃない」

と、私は言ってやった。

で――まあ、母の方は、「でも」とか「そんな」とか、カマトトぶってぐずぐず言ったものの、もちろんＯＫとなり、至急、式場を手配して、ということになった。

アイドルスターの結婚ってわけじゃないから、ＴＶ中継までやることもない。

「あさって、ついでに式も挙げたら？」

と、言ってやると、さすがに母も、

「法子、からかわないで」

と、怒っている。

ま、それはおめでとうございます、としか言いようがないわけだ。

「ね、お母さん」

と、私は、すっかり舞い上ってポーッとしている母をつついて、「まだ食事はこれからなんだからね。忘れないでよ」

「え、ええ……。何だか……お腹が空いちゃったわ」

母の言葉に、私は、ちょっと調子が狂ってしまったのだった。——胸が一杯で食べられないわ、というのならともかく……。

そして、実際、母は、私も呆れるほどの食べっぷりを見せたのだった。

食事の間に、式も夏休みの終りまでに挙げることにして、それまでに新居も捜し、私の学校も捜してくれることになった。

「男の子が沢山いる学校がいい！」

と、私は注文をつけたのだった。

「——おや」

と、男の声がした。

すっかり忘れていた。——平井が、席を立って、出るところだったのだ。平井の後には、あのユリと、その手を引いた母親が立っている。

「指田さん」

と、平井は、不思議そうに、上原洋介を眺めて、「珍しいところで……」

「どうも」

母は、捉えどころのない口調で、そう言って会釈した。「――娘と、それから……主人ですの」

母にしては、思い切った発言だった。

「ほう、再婚なさったんですか。知らなかった」

平井の方も、母に劣らずポーカーフェイスだ。「それはおめでとうございます」

「どうも」

母はもう一度そう言った。

「お姉ちゃん、またプールでね」

と、ユリが私に手を振った。

「うん」

私は笑顔で手を上げて見せた。

「――それじゃ」

平井は、何となくまとわりつくような目で母を見ていたが、やがて一礼して、歩いて行った。

ユリと母親は、少し離れて、ついて行く。

何となく、平井が見えなくなると、三人で一斉に息をついた。

「――何だか、気詰りな感じの男だね」

と、上原洋介は言った。

「ええ。嫌われるのも分るでしょ？　――さ、私、デザートも食べよう」

母は、やけに張り切っていた……。

――お風呂を出て、私は喉が渇いたので、ラウンジへ下りて、何か飲んで来ようと思った。

「一人で行ってらっしゃい」

と、母は私が誘っても首を振って、「私、岡田さんの所へ電話するわ。先に知らせておかないと、あの人、気を悪くするから」

「そうね。あさってでも使うんでしょ、あの旅館」

「そうよ。向うもびっくりするわ」

「喜ぶでしょ。TVがワッと来れば、いい宣伝だし」

「今から電話して、話しておくわ」

「じゃ、行くよ。あのおばさんの声が、ラウンジまで聞こえるかもしれないね」

「まさか」

と、母は笑った。

――本当に、よく笑うようになったわ、と思った。もちろん母のことである。

前は、めったに声を上げて笑ったりしない人だったのに。まるで今は子供のように……。

ラウンジへ行くと、私は外の夜景が見える席について、メニューを眺めた。ジュースを頼んで、深呼吸する。

——波乱万丈の夏休みだな、と思う。それに、私の生活も大きく変ってしまうことになる。

私は別に東京に憧れていたわけではない。あの町を出るのが少々寂しいくらいでもあるのだが……。

でも、この生活の大転換は、刺激的ではあった。スリリングで、予期しない変化に満ちている……。

——誰かが、私の前に、立っていた。

顔を上げた私は、思いもかけない——こんな所にいるわけもない人の顔を見て、しばらく戸惑っていた。

「三屋さん」

一年生の、三屋久美が、立っていたのだ。

本当に私は、しばらくの間、自分が幻を見ているのかと思っていた。あの町にいる時ならともかく、ここは東京のホテルのラウンジなのだ。そこに、三屋久美がいるなんて……。これは、到底理屈に合わないことだった。

それに、実際のところ、三屋久美は、じっと黙ってそこに立っているばかりで、なかなか口を開こうとはしなかった。それは本当に幻影のように見えた。

「——突然、すみません」

と、その「幻」は口をきいた。「かけてもいいですか」

私は、肯いた。まだ、とても口を開ける状態じゃなかったのだ。

三屋久美は、私と向い合った椅子に腰をおろした。Tシャツ、ジーパンという、あまり見たことのないスタイルの久美は、まるで家の台所からそのままこの場所へ、SFでよくある、テレポーテーションでもされて来たように思えた。

注文したジュースが来て、久美の前にも氷の入ったコップが置かれ、

「ご注文は？」

ウェイトレスの機械的な声がした。

三屋久美は、何だか放心状態にあるみたいだったが、それでも、

「私もジュース」

と言ってから、「それと——サンドイッチか何か……」

「ミックスサンドでよろしいですか」

「はい」

久美は、ウェイトレスが行ってしまうと、自分の前に置かれた水のコップを取り上げ、私が目を丸くするほどの勢いで、一気に飲み干してしまった。

「――びっくりさせて、すみません」

と、久美が言った。

「お化けでも出たかと思った」

私は、できるだけ軽い調子で言った。

「申し訳ないんですけど――」

「いいわよ、別に。ただびっくりしただけだもの」

「いえ、そうじゃなくて……。私、お金持ってないんです。今のサンドイッチ代、後で払いますから……」

「あ、なんだ」

私は、ちょっと笑って、「いいのよ。部屋へつけとけば、どうせ私が払うんじゃないし。でも、いつ東京へ？」

「今日です。――家には、友だちの所で宿題やるから、って言って、出て来て、列車へ乗ったんです。運賃ぎりぎりしか持ってなかったので、ずっと何も飲まず食わずで」

「じゃ、もっと何か食べればいいのに……。でも、どうしてここが分ったの？」

「岡田さんに聞いたんです」

そうか。それは当然だった。厚子以外にここを知っている人はいないはずだ。――いや、厚子の叔母とか丸山という刑事は知っているが。

「だけど――」

と、私は言った。「一体どうしたの？　家出？」

訊いておきながら、私はつい、

「まさかね」

と、続けていた。

三屋久美は、およそ家出なんかしそうにないタイプである。もちろん、「人は見かけによらない」ということはあるにしても。

それに家出して、なぜ私の所へ来るのか。

「家を出て来たのは本当です」

と、久美は言った。「でも、家出ってわけじゃありません。ただ、このままじゃ、大変なことになりそうで」

「大変なこと？」

「何とか話を聞いていただきたくって。――指田さんの所は、町の人たちの中でも、ちょっと違ってるし」

「ねえ、何の話よ、一体？」

久美は、ジュースが来ると、それも一気に飲み干してしまった。喉が渇いている、というより、緊張のあまり、途中で一息つくことができない、という様子だ。

「――わけの分らないことばっかり言って、すみません」

と、久美が空《から》になったコップを置く。「何も聞いてませんか、町のこと」

「町のこと？　何かあったの」

「克枝さんの事件です」

私は、さっきの厚子との電話を思い出した。町の人たちが、何かを隠しているらしい、ということ……。

「犯人が分ったの？」

と、私は訊いた。

「もうすぐ捕まりそうです」

「そう。――誰なの？」

久美は少し間を置いて、言った。

「平井正啓君です」

10 疑惑

私は、三屋久美が皿の上のサンドイッチをどんどん食べていくのを、ぼんやりと眺めていた。

お腹が空いていて、一心に食べてはいるのだろうが、少しもおいしそうではない。味も何も分らずに、ただ車にガソリンを入れている、という様子だった。

「——それがショックで、出て来たの?」

と、私は言った。

ずいぶん時間がたってから、唐突に言ったのだが、もちろん久美には何のことか分るはずだ。

「ショックです」

と、久美は肯いて、「でも、平井君が本当にやったのなら、ショックでも、こんな風に出て来ません」

「じゃ、彼がやったんじゃないってこと?」

「ええ」

「じゃ、誰がやったの？」

「分りません。でも、平井君じゃないんです。私には分ってます」

妙な話だ。何もかも、私には理解できない。ともかく、順序立てて、訊くことにした。

「どうして平井……正啓だっけ？　彼が克枝を殺した、ってことになったの？」

「付合ってたからです、平井君」

「克枝と？　――あの時も、そんな風だったわね」

私は、克枝の葬儀で、初めて平井正啓に会った時のことを、思い出していた。

「付合ってたのは本当です。でも、だからって犯人だなんて……」

「まさか、それだけで捕まらないでしょ」

「ええ」

と、久美は肯いて、「確かに……。平井君、克枝さんと喧嘩《けんか》別れしたばかりでした。

――正確に言うと、振られたんです」

「平井君の方が？」

「克枝さん、ボーイフレンドが沢山いたし。――ご存知でしょ」

「うん」

その点は、町の人たちも知っていたはずだ。「でも、だからって克枝を殺した、ってことにならないんじゃないの？」

「ええ」

久美は肯いた。「でも、そうなんです」

「そう、って？」

「それだけなんです。平井君が、克枝さんに、あの少し前に振られた、ってこと……。それだけで、犯人だって決めつけてるんです」

「——まさか」

「本当です」

久美の頰に、血が上った。「ひどいと思いませんか？」

私としては、そう訊かれても、何とも答えられない。いくら何でも、それぐらいのことで、警察が人を捕まえたりしないだろう。他に何か理由があるはずだ。

「三屋さん、あなた……。こんなこと訊いて、怒らないでね。平井君と、今、付合ってるの？」

「少し前からです」

久美は、ちょっと目を伏せた。「まだ、克枝さんと付合ってたころからです」

「そう……」

「私、平井君のこと、好きです」

と、顔を上げて、思い切ったように、「でも、だからって彼をかばってるんじゃありません。やってもいないことで捕まるなんて、そんな馬鹿なこと――」

「大丈夫よ。そんなこと、ありっこないわ」

「でも、町の人たち、みんなそう言ってるんです」

「それに――」

と、私は思い付いて、言った。「そんなことになってたら、平井君の家だって大変でしょ。でも、彼のお父さん、このホテルに来てるのよ、今」

久美は、しばらく言葉もない様子で、私を見ていた。

「――本当ですか、それ？」

「うん。何だか……。よく知らないけど、若い女の人とね。たまたま会っちゃったのよ」

久美は、肩を少し落として、

「何も知らないんだわ」

と、言った。「彼、お父さんが仕事で外国へ行ってると思ってます」

「へえ。じゃ、内緒なんだ」

考えてみりゃ、当然のことかもしれない。

「ともかく、私、平井君を助けたいんです」

と、久美は身を乗り出すようにして、「力になって下さい」

――正直なところ、私は戸惑っていた。

別に、この三屋久美の言うことを信じないわけではないが、何といっても、警察がそんなに簡単なことで、人を殺人犯扱いするとは思えなかった――。

久美は、誰かがそんなことを冗談混りに言っているのを聞いて、真《ま》に受けて一人で心配しているのじゃないか。

それに、久美がなぜ、わざわざ私の所へ来たのかも、よく分らない。

確かに、殺された森下克枝はよく知っていたし、私自身、満更《まんざら》全く無関係というわけでもない。しかし、平井正啓のことは、一度会っているだけだし、三屋久美にしても、後輩として顔は知っているが、それ以上の仲ではないのだ。

力になってくれと頼むには、私は全く不適当な相手としか思えないのである。

「あなたの話は分ったけど」

と、私はゆっくりと、言葉を選びながら、言った。「そんなの、あなたの取り越し苦労じゃないの？　それに、私もあなたと同じ高校生よ。力になってくれ、って言われても……」

「でも、仲が良かったでしょ、克枝さんと」

「ええ、まあ……。演劇部の部員としては、ね」

「平井君以外にも、ボーイフレンドは沢山いたんです。そのことを、ちゃんと警察の人に話してほしいんです」

「私が？」

「町の人は――」

と、久美は、少し疲れたような声になって、「みんな平井さんの家のことを嫌ってます」

「そうらしいわね」

「だから、わざわざ平井君のためになる証言をしてくれる人がいないんです」

「でも――」

「私じゃだめなんです。平井君のこと、かばってると思われるから。それに――うちの両親も、平井君のこと、良く思っていませんから……」

平井正啓。――あの、神経質そうな少年が、克枝を絞《し》め殺す、などとは、私にも思えなかった。たとえ、振られて、カッとなったとしても、大体、そんな体力はないのじゃないかしら？

克枝は、もちろん特別に力が強かったわけじゃないけれど、夢中で抵抗したら、かなりの力を出しただろう。

「そうね」

と、私は肯いて、「私もあなたの言う通りかもしれないと思うけど……。でも、私の言うことなら信じてくれるとも思えない」

久美は何か言いかけて、思い直したように口をつぐんだ。

「もちろん、私もあの平井正啓って子が克枝を殺したとは思わないわ。でも、それは私の印象だもの。何の証拠にもならないじゃない」

久美は、ちょっと目を伏せた。私の言葉に失望した様子だ。何だか、自分が悪いことをしたような気になって、

「もちろん、あなたが彼を信じてるのは当然だと思うけど――」

と、言いかけると、久美はパッと顔を上げて、

「いいえ」

と、遮った。「信じてるんじゃありません。私、知ってるんです。彼がやったんじゃないこと」

私は、少し迷ってから、

「知ってる、って……」

「平井君に克枝さんを殺せたはず、ないんです。あの夜、平井君は私と一緒だったんですもの」

「一緒だった？」

「彼の部屋にいたんです。朝になる前に、帰りましたけど」

「そう……」

久美の言い方には、挑みかかるような調子が感じられた。つまり――平井正啓と、そういう関係になっていた、ということだ。

しかし、それならなおのこと、久美が彼のアリバイを証言しても、信じてもらえないかもしれない。

私は久美の言葉を信じた。はったりではない。生真面目な熱っぽさのようなものが、はっきりと感じられたからだ。

でも――正直、こんな時に軽薄な、と怒られそうではあるが、私は一年下のこのきゃしゃな少女が、もう「体験済」という事実にも、やはりショックを受けてはいたのだった……。

「法子」

と、声がした。

母がすぐそばまでやって来ていたのだ。私は、まるで気付いていなかったので、びっくりしてしまった。

「お母さん。どうしたの？」

「電話が終ったから——。あら、あなた」

と、母は、久美のことに気付いた。「三屋さんの……。そうでしょ？」

久美は、少し顔から血の気がひいていた。

「どうしたの、こんな所で。——法子、あなた……」

「私のこと、先輩だからって頼って来たのよ。ね？」

と、私は、急いで言った。「ちょっと、その——よくあるじゃない。これぐらいの時には」

「まあ。家出？」

母は、空いた椅子を引いて、腰をおろした。「ご両親はご存知ないのね」

「知ってりゃ家出になんないよ」

と、私は言った。

「それにしても……」

母は当惑している様子だった。「お宅じゃご心配よ」

「そんなことないです」

と、久美は、強い口調で言った。

「心配しないなんてこと、あるもんですか！　いくら喧嘩していても、自分の子供のことは心配して当り前ですよ」

母は、ため息をついて、「困ったわね。——こちらに、誰かご親戚《しんせき》は？」

「いません」

「——ね、お母さん」

と、私は言った。「あのスイート、どうせ広いんだから、今夜だけ、泊めてやってよ」

「でも……」

「一晩ぐらい、いいじゃない」

「こっちが迷惑とか、そんなことじゃないのよ。ただ、ご両親が心配してるのを分っていて、一晩放っておくなんて……」

「じゃ、お宅へ電話させればいいのよ。場所は言わないで。——ね、声でも聞けば、安心するし」

自分でも、なぜだか良く分らなかったのだが、私は、何とか久美を助けてやろうとしていた。

「明日になれば落ちつくわ。——ね」

母は、ためらっていた。——母が責任を負うのをためらっていたのだとは、私も思わない。純粋に、母親として、よその母親に死ぬほど心配させることを、ためらっているのだ。

しかし、母もやっと折れて、

「分ったわ」

と、肯いた。「じゃ――ベッドを一つ、作ってもらいましょう」

「いえ、ソファででも、どこででも寝ますから」

久美も、私に調子を合わせていた。私はホッとした。

母に、「ごくありきたりの家出」と思っていてほしかったからだ。

「いいのよ。大した手間じゃないし」

と、母も表情を和《やわ》らげて、「それより、何か食べたの？　お腹、空いてるんじゃない？」

「部屋でルームサービスを取る」

と、私は立ち上って言った。「ね、そうしよう。まだ食べ足りないんでしょ？」

久美は、やっと笑顔になって、

「少し」

と、照れたように言った。

「いいわ。じゃ、今度はお母さんが少しここで時間を潰して行くから」

と、母は言った。「その代り、部屋へ行ったらすぐに、お宅へ電話してね。約束よ。いいわね？」

「はい」

と、久美は答えた。

「もともとは、克枝さんの方が、平井君に近付いたんです」

と、久美は言った。

「克枝の好きなタイプじゃないと思うけどね、あの子」

「タイプじゃないんです。克枝さん、いつかあの町から出たかったんです」

それは私にも肯けることだった。

――もう、夜中になっている。

母は、とっくに眠りについていて、ドアを細く開けた寝室の方からは、寝息が聞こえている。

私と久美は、ルームサービスで取った紅茶を分けて飲みながら、話し込んでいたのだ。約束通り、久美は自宅へ電話を入れ、「明日、帰るから」と、母親を納得させたようだった。

「そのために、平井君に関心があったんでしょう」

と、久美は続けた。「お金持だし、彼は東京の高校へ通ってるわけだし」

「なぜなんだろ？　あなた、彼のお父さんとゆっくり話したことなんか、あるの？」

「いいえ。——だって、ほとんど家にいないっていうから」

「じゃ、どこにいるの?」

「こっちへ出て来ているか、でなければ、外国か、日本のどこかに、出張って……。でも、そんな女の人がいるんじゃ、怪《あや》しいもんだわ」

と、久美は腹を立てている様子だった。

「母親は?」

「彼の? 会ったことありません。別居してるんですって。もう何年も。——彼も、ほとんど顔を憶えていない、って言ってます」

「別居……」

別れてしまえない理由が、何かあるのだろうか。だから、あの佐野という女性が、いつまでも「愛人」のままでいなくてはならないのかもしれない。

「克枝が、なぜ平井君を振ったの?」

「さあ……。もう、必要なくなったのかもしれません」

「必要って?」

「ロケがあったでしょ。克枝さん、あの時の監督さんに、タレントにならないか、って声をかけられたらしいんです」

「克枝が?」

と、訊き返してはいたが、決して意外な話ではなかった。

確かに、エキストラで出た三人の中で、克枝は「目立った」存在だったに違いない。

「だからもう、平井君のことなんか……。それ以前から、飽きてた、っていうか、ともかく夏休みとか冬休みとかにならないと、平井君も町へ帰らないわけだから。大分、冷えては来てたんです。それがロケのことで、決定的になり……」

「そう」

私は肯いた。久美の説明は、克枝の性格を知っている私としても、納得できるものだった。

「――三屋さん。私もあの平井君が克枝を殺したとは思わないけど、そうなると、誰か別に、犯人がいるわけよ」

「ええ」

「それが誰なのか――」

「見当もつきません」

と、久美は言った。「ただ――平井君にも何か、こぼしてはいたみたいです。『しつこい男ばっかり』って」

「しつこい男……。平井君のことじゃなくて、ね」

「あの人、諦めがいいんです。ああ見えても」

と言ってから、久美はちょっと笑った。「ああ見えても、なんて、怒るかな、聞いたら」

私は、久美が大分落ちついて来たと同時に、平井正啓のことを、心から信じているのだと感じて、少々羨しかった。

「——あ、もう二時過ぎだ」

と、私はデジタル時計を見て、言った。「明日、本当に帰る？」

「はい」

と、久美は肯いた。「迷惑かけて、すみません」

「それはいいけど……。本当の犯人が見付からないとね」

「ええ」

「あさってには、私も母と一緒に、町へ出るわ。その時、また会いましょ」

「そうですね」

と言った久美の表情は、割合に明るかった……。


「法子」

起こされた私は、およそ爽やかとは言いかねる気分で、無理に目を開いた。

「どうしたの？　もうお昼？」

「そうじゃないわよ」

母の顔は、不安げだった。

「何かあったの？」

私はベッドに起き上った。

「三屋さんがいないわよ」

私は、ベッドから出て、三屋久美のエキストラベッドを作ってあったリビングの方へと、足を踏み入れた。

ベッドは、よく見ないと寝ていたことも分らないくらい、きちんと片付いていて、その上にメモらしいものが置かれていた。

久美らしい、几帳面《きちょうめん》な字で、

〈お世話になりました。私の手で何とかしてみようと思っています。三屋久美〉

と、あった。

「これ――ここにあったの？」

「そうよ。さっき起きてみたら、こんな風で……。帰ったんじゃないわ、きっと」

「でも、約束したんだよ」

「帰るなら帰ると書くでしょ。――やっぱり知らせておくべきだったわ」

と、母はため息をついた。

「でも……」

「お母さんだって、あの子が妙なことするとは思ってないわ。でも、ここはあの町と違うのよ。女の子一人で、どこに行くっていうの？」

そんなこと、私に訊かれたって、知らないわ、と言いたいのを、ぐっと抑える。

むしろ私の方が、町の人々の、平井への反感はどこから来ているのか、母に訊いてみたいところだ。

「――三屋さんの所へ電話するわ」

と、母は言った。

私も、それを止めることはできない。

バスルームで顔を洗って、着替えをしている間に、母は三屋久美の母親と、電話で話しているようだった。

でも、久美は東京に知り合いもいないようだったのに、一体どこへ行ったんだろう？

そう考えて、ふと思い付いた。

平井正啓は、東京の高校へ通っているのだ。

ということは、東京にも、どこかに家かマンションかを持っている、ということである。

当然久美はそこを知っているだろうし、そこで平井正啓と会うことにしていたのかもしれない。

考えれば考えるほど、その考えは正しいように思えて来た。

「――どうだった？」

と、寝室へ戻って来た母に訊くと、

「朝、一度電話があったんですって。東京の友だちの所にいるから、心配しないで、って。――でも、場所は言わなかったみたい」

「きっと、誰か知り合いがいるのよ。大丈夫だってば。あの子、おとなしいけど、芯《しん》はしっかりしてるんだから」

母は、それでも、知らせなかったことを気にしているのか、浮かない顔だった。

「――朝食に行きましょう」

と、母は言った。

「――プールのお姉ちゃん」

と、ビュッフェ形式の朝食で、ハムを皿に取り分けていると、聞き憶えのある声。

「ユリちゃんか」

「今日は泳ぐ？」

「そうねえ、どうするかな」

と、私は言って、「何が好き？　取ってあげる」

「ううん、自分でやる」

ユリは、皿にハムや卵を、きちんと取って並べた。

「上手だね、取るの」

「いつもやってんだもん」

そうか。半年もここにいれば、子供でも食べるのに慣れて来るだろう。

「――おはようございます」

と、頭を下げたのは、ユリの母親だった。

私は黙って頭を下げると、テーブルの方へ戻りながら、レストランの中を見回した。

平井がテーブルについて、新聞を広げている。

――いい気なものだ。息子に殺人の容疑がかかっているなんて、思ってもいないのだろう。

母は、さっさと食べ始めている。

「――今日は忙しいのよ」

と、母は言った。「十時には、上原さんが迎えに来るわ。夕方、ホテルを出ることになると思うから、仕度しておいてね」

「荷物を持って?」

「まだ、部屋は借りてあるわよ」

「じゃ、また戻るのね、ここに」

「ええ。式の用意があるし」

「楽しいこと」

と、私は言って、「──ねえ」

「え?」

「平井さん、いるよ、まだ」

「知ってるわ」

母は、ちょっと肩をすくめた。「関係ないわよ、私たちには」

「そうかな……」

私は、お皿を手に、テーブルの方へ戻って行くユリを見ながら、言った。

そして──ふとレストランの入口の方へ目をやると……。

どうも場違いな感じの男たちが、レストランのマネージャーと話をしている。

二人のその男たちの後ろに、私は丸山刑事の顔を見て、びっくりした。

ここへ何しに来たのだろう?

マネージャーと話をした男たちは、振り向いて、丸山刑事と何か言葉を交わしている。あの二人も刑事なのだ。

それじゃ……。やはり、三屋久美の心配が現実になったのかもしれない。平井正啓の居場所を訊くために、ここへやって来たのではないか……。

私は、立ち上った。

「どうしたの?」

と、母が顔を上げる。

「ちょっとトイレ」

と、私は言って、レストランの出口の方へ歩いて行った。

その間に、マネージャーが心もち緊張した顔で、平井のテーブルの方へと歩いて行く。私は、レストランを出た。

丸山刑事が、他の二人と少し離れて、相変らず暑そうに汗を拭っている。

私が目の前に立つまで、まるで気付かなかったようで、

「ワッ」

と、お化けでも見たような声を上げる。

「どうも」

と、私は言った。

「君……。何してるんだい、こんな所で」

丸山は唖然としている。

「ここに泊ってるんですもの」

と、私は言った。「刑事さん、どうしてここに？」

「いや――」

と、言いかけて、「君、そっちへ退《さ》がってて」

私をわきへ押しやる。平井が、マネージャーに連れられて、レストランを出て来た。

「何です？」

平井が、男たちを、うさんくさそうな目で見ながら言った。

「平井啓一さんですね」

と、男たちの内の一人が改まった口調で言う。

「そうですよ」

「警察の者です」

「警察。――ほう。私が脱税でもしましたかね」

平井は顔色一つ変えない。

「いえ、森下克枝殺害の容疑で逮捕状が出ています。ご同行願います」

平井は、冗談でも言われたのかと思ったらしい。

「何です？　人違いをされてるんじゃ――」

ガシャッ、と金属音がした。

私は、平井の手首に手錠が光っているのを、信じられない思いで見ていた。

「——どうかしたの？」

席に戻った私は、母にそう言われて、

「別に」

と、首を振っていた。

平井が逮捕されたことを、なぜか母に、話したくなかったのである。

はっきりした理由があるわけではなかったが、平井が克枝を殺した犯人として逮捕された、と聞いても、母は大して驚かないだろう、と私は直感的に思った。

いや、むしろ、

「良かったわね」

と、喜ぶかもしれない。

しかし、そんな母の顔を、私は見たくなかったのだ。間違ったことに喜んでいる母の顔を。

平井は犯人ではない。——私はそう思った。いや、知っていた。

あの、容疑を告げられた時の平井の顔を見れば、誰もが疑うまい。平井は克枝を殺してはいないのだ。

「お姉ちゃん」

突然呼ばれて、私はギクリとした。

ユリが、母親に手を引かれて、レストランを出るところだった。

「バイバイ」

と、手を振るユリに、私は、ちょっと手を上げて見せることしかできず……。

「パパは？」

「先にお部屋へ行ったんでしょ」

母と娘の会話が、遠ざかって行く。

私は、いつしか膝の上のナプキンを、固く握りしめていた……。

11 長い夜

夜はのろのろとやって来て、恐る恐る、昼のまぶしさと暑さとを追いやった。

まだ遠慮しているのか、夜になっても、熱い空気は地表に淀《よど》んで、動こうとはしない。

それでも、陽が消えただけで、私の気持は半分ぐらい軽くなっていた。

長い一日だった。——私は、町の通りに出て、夜空を見上げて立っていた。

星がこんなに沢山見えたっけ、この町って……。私は、まるで都会育ちの旅行者みたいなことを考えていた。

「法子」

母が、店の戸を開けて、「何してるの?」

「涼んでるの。いいでしょ、少し散歩して来ても」

と、私は母の方を見ずに言った。

「構わないけど……」

母は、少しためらって、「あんまりふらついてちゃだめよ」

「お母さんほどふらつかないよ」

私がそう言うと、母は本気になって、

「あれはつまずいたんだって言ったじゃないの」

と、怒っている。

昼間、岡田屋旅館で開かれた記者会見の席でのことを言っているのだ。

記者会見には、TV局の人間だけでも、旅館に入り切れないくらい、大勢の取材陣が詰めかけて、厚子の叔母さんに嬉しい悲鳴を上げさせた。もちろん、一番広い大広間に席を作り、クーラーもフル稼働していたのだが、ともかく、何百人という人間の熱気には焼け石に水。

上原洋介も母も、汗がタラタラと流れていた。――もちろん母の汗は、暑さのせいばかりではなかったろうが。

会見のやりとりは、まず上出来だった。というより、ほとんどうまく上原洋介が引き受けて、母にはあまりしゃべらせなかったので、助かったのである。

それでも母が、

「上原さんのことをどう思いますか？」

という、およそ気のきかない質問に、

「恋人にも夫にもいい人だと思います」

と答えたのにはびっくりした。

我が母もなかなかやる、というところである。当然、見物に押しかけていた町の人たちからは拍手と冷やかしを浴びていた。

私？　私はこの日はわき役に徹して、隅の方でおとなしくしていた。

記者の質問も、一向に私の方には飛んで来なくて、ホッとしたような、がっかりしたような……。

それでも、親子三人で写真を、ということになって、私は上原洋介と母に挟まれて、カメラのライトやフラッシュの光を浴びた。なかなか、悪い気分ではない。

「じゃ、今度はお二人で」

と、司会者（こんなものにも司会者がつくんだ！）が言って、私はわきへ退いた。

その時、母が何だかよろけて、上原洋介につかまった。それが、ちょうど上原洋介の胸にすがりつくような格好になってしまったので、

「そのポーズ！」

と、カメラマンたちが大喜びでシャッターを切ったのである。

私としては、少々照れくさくて、目を伏せてしまっていたのだが。

そして――ともかく、「永遠に続くかと思うほど長かった」（これは母の感想であ

る）三十分は過ぎ、嵐は去って……。後にはしばらく熱気が残っていた。

上原洋介はTVドラマのロケで夕方に東京へ戻っている。私と母は、町の人々へのお礼や、この店をどうするかなど、色々と片付けなくてはならないことも多くて、二日ほどは町にいることになった。

私にとっては、学校の問題もあった。都内の私立高に編入できるように、上原洋介のプロダクションの人が駆け回ってくれていたのだ。

そして夜になり、今、私はぶらぶらと町の中を歩いているところだった……。

「――法子」

何となく、一緒になるような気がしていたのだ。

「厚子、どこに行くの？」

「別に」

「私も」

二人で、何となく笑った。

自然、学校へと足が向く。――理由はよく分らない。

いくらかは感傷かもしれない。思いもかけず、二学期からは通うことのなくなった学校なのだから。

でも、本当の理由はそれではないということ――それも、二人はよく分っていたのだ。

「大変な日だったね」

と、厚子が言った。

「うん」

「一方は、まるでかすんじゃったけど」

そう。厚子の言う「一方」というのは、もちろん平井が逮捕されたことだ。

「そんなことないよ」

と、私は言った。「上原洋介とお母さんのことなんて、すぐ忘れられる。でも、克枝の事件は、いつまでも続くわ」

私は歩きながら、「厚子、前に聞いてたの？」

「平井さんのこと？　全然！　――でも、うちのお母さんは、少しもびっくりしてなかったよ」

「じゃ、知ってたんだ」

「そうらしい。あの前に、町の人たちが何となくしゃべってたのは、そのことだったんだな、と思った」

「妙ね。――町の人たちが、どうしてそんなことで話し合うの？」

「よく……分んないわ」

と、厚子は肩をすくめた。

「だって、警察の人が話し合うっていうのなら分るけど……。大体、平井さんが克枝をどうして殺すの？」

「克枝が――おこづかいもらって遊んでた、って」

「あの人、ほとんど町にいなかったのよ。そんな機会があったと思う？」

「私、知らないわよ」

「おかしなことばっかり」

と、私は首を振った。

「うん。そうらしい。「三屋さん、帰ってないんでしょ？」

厚子には、私も三屋久美のことを話してあった。

「二人でどこかにいるのかもね」

「隠れて？」

「知らないけど……。でも、三屋さんは、平井正啓が犯人にされてる、って言ってたのよ」

「父親の方が捕まるなんてね」

「いやな気分。――すっきりしないわ」

学校が見えて来た。

「明りが点いてる」

「誰かいるのかな」

と、私は言った。「そうだ。——ね、厚子」

「うん？」

「私がいなくなったら、演劇部、頼むわよ」

「ワッ！　それがあったか」

と、厚子はオーバーにため息をついた。「勘弁してほしいなあ」

「だめよ、厚子しかいないんだから」

「法子、名前だけ部長にしとくからさ」

「だめ！」

学校の校舎の方へ歩いて行くと、明りの点いた窓が開いて、

「誰だ？」

と、声がした。

「風間先生」

「おお、お前らか」

風間先生は、時代遅れの扇子《せんす》でパタパタやりながら、「家じゃ暑苦しくてな。勉強してたんだぞ。偉いだろう」

「自分で言わなきゃいいのにね」

「ねえ」

と、二人で顔を見合わせる。

風間先生は笑って、

「入れ。冷たいジュースがある」

「ごちそうさま」

私たちは、入口へ回って、職員室へと入って行った。

開襟《かいきん》シャツと半ズボンという、何十年か前の「先生」スタイルの風間先生は、どこから持って来たのか分らないような、薄汚れたコップを出して来て、ジュースを注いだ。

「指田、転校だな」

「はい」

「残念だな。いい生徒が抜けるのは」

「お世辞、感謝します」

と、私は言ってやった。

「ま、東京へ行っても真面目にやれ」

「生れつきですから」

と、厚子がからかった。

「残ったのは、屑ですか？」

「いや、残り者に福だ」

風間先生は、調子がいい。

「――先生」

私は、ジュースを飲み干すと、言った。「克枝のことですけど」

「うん。聞いた。びっくりしたぞ」

「どう思います？」

「俺が、か？――まあ、犯人が捕まったのはありがたい。しかし、森下がそんな男と付合ってたというのは、教師にも責任があるからな」

と、風間先生は首を振った。

「変だと思うんです、私」

「何が？」

「克枝が平井さんの息子と付合ってたのは、私も聞きました。でも、あの父親の方なんて……。この町で、そんなことしたら、必ず噂になります。そうじゃありませんか？」

と、私は訊いた。

「それはどうかな」

と、風間先生は首を振って、「この町も変った。昔のように、互いの家のすることに目を光らせてる時代でもないさ」

それは確かにそうかもしれない。しかし、私には納得できなかった。

「他にもあります」

と、私は続けて、「殺される前に、私たち――厚子と私ですけど、この学校の保健室で、克枝に会ってるんです。そうだわ。奥さんがご存知です」

「布江《のぶえ》が？」

風間先生は、ちょっと考えて、「――ああ、そんなことを言ってたかな。何しろ忘れっぽくなってな」

「もう年齢《とし》ですね」

と、厚子がからかう。

「こら！　そうか、克枝がここへ呼び出されたメモとかいうのに書いてあったのは、そのことなんだな」

「そうです。でも、もし犯人が平井さんなら、どうしてそんなことをしたんでしょう？　そんなことしなくても、呼び出すのは簡単じゃありませんか」

「うむ」

「それに、平井さんの家は、町を挟んで、この学校とは反対側です。わざわざこんな所で会う必要ないと思いますけど」

「それはまあ、逆も言えるだろう」

と、風間先生が言った。「つまり、自分のことを知られたくないと思えば、わざとそういうメモで呼び出したり、遠い場所で会ったりすることも不思議じゃない」

「それはそうよ」

と、厚子が肯いて、「警察だって、何か証拠があって逮捕したんでしょ」

「そうかなあ……」

と、私は曖昧《あいまい》に言った。

「何だ、指田は他に犯人がいると思ってるのか？」

「そんな気がします。だって、あの平井って人を、克枝が好きになるなんてこと……」

「結構中年男にひかれることがあるもんだ」

と、風間先生は、ジュースの残りを飲み干して、「──俺はそういう経験がないけどな」

「あれ、それじゃ奥さんはどうなんですかあ？」

「おい、布江はいくら何でもお前たちほど若くないぞ」

風間先生は苦笑した。——いつもの先生らしくなかった。生徒が殺された事件のことを話しているというのに、こんな冗談っぽい話をしているなんて。やはり、今日はみんな少し熱にうかされたみたいで、どうかしている。

「——それじゃ、指田は誰が犯人だと思うんだ？」

と、風間先生がいきなり訊いたので、私はちょっと詰った。

「誰って……。分りません、そんなこと」

と、答えて、「別に、平井さんが犯人なら、それでいいんです。ただ、何だかあんまり突然で」

「そりゃきっと警察が極秘で捜査を進めてたからさ。高飛びでもされたら大変だからな」

「先生、そんな話を聞いてませんでした？」

「俺が？　いや、全然。俺だって、聞いた時はびっくりした。誰だってそうさ」

そうじゃない。そうじゃないことを、私は知っているのだ。厚子も。

でも、今ここで風間先生にそんなことを言っても、始まらないので、私は黙っていることにした……。

「そうだ。指田、学校のことだがな——」

風間先生は話題を変えた。

学校から戻るのは、厚子と別々になった。

厚子が、風間先生に誘われるままに、先生の家へ寄って行く、と言い出したからである。

もちろん、先生は私のことも誘ってくれたが、何となくそんな気分じゃなかったので、

「家で片付けなきゃいけない物が山になってるんです」

と、説明して、一人で家に向ったのだ。

やっと、少し夜らしい涼しさが戻って来ていたが、空気がさめ切らない内に、また夜が明けて来るのだろう。

——不意に、あのユリという女の子のことを思い出した。

平井が殺人犯として逮捕されたら、あの母娘はどうなるのだろう？

もちろん、あんなホテルのスイートルームにはいられまい。自分たちのせいでもないのに、残酷なもんだ、と思った。

ホテルに戻ったら、あの二人がどうしたか、訊いてみよう。

——車のライトが、正面から近付いて来た。

こんな時間に、この道を車が通ることは、珍しい。

一人で夜道を歩いていて、車に出会うというのも、あまり気持のいいものじゃない。私は、一旦、道の端へと退いて、ライトに当らないようにした。まだ車は大分遠かったので、乗っている人には私の姿は見えていないだろう。

車が、やや抑えたスピードで、目の前を駆け抜けて行く。

もちろん、暗かったのだが、街灯の光が一瞬チラッと車の中を照らした。

私は、あれっと思った。思った時にはもう――車は遠ざかっていたが。

今のは……上原洋介じゃないかしら？

夕方、東京へと戻ったはずなのに。――どうしたんだろう？　何か忘れ物でもあったのか。

いや、上原洋介だった、とはっきり言い切るだけの自信も私にはなかったが、しかし人の姿というものは、必ずしも顔が見えなくても、判別できるものだ。

一瞬の印象、髪の形、姿勢……。全部をひっくるめて、見分けるのだ。

上原洋介のことは、このところずっと見ているわけだし――もちろん、「父親」になる人なのだから、当然のことである。

確かに今のは……。

「――ただいま」

家に上ると、私の目は、無意識に、客が来ていた痕跡を捜していた。

「遅かったのね。どこに行ってたの？」

と、母が少し不服顔だ。

「学校。厚子と二人よ。風間先生もいたわ」

「あら、そう。先生、何かおっしゃってたの？」

「別に」

私は、台所を覗いた。「お母さん――」

「何？」

「今、誰か来てた？」

「何ですって？」

母は面食らった様子で、「誰が来るっていうの？」

「そうじゃないけど……。何だか誰かが出て来たみたいに見えたの。遠かったから、分らないけど。お隣りかな」

「そうでしょ、きっと」

と、母は言った。「お風呂に入って。着替えは出してあるから」

「うん」

私は、歩きかけて、「お母さん」

「え？」

「平井さんが捕まったでしょ。どう思う？」

「何よ、突然」

と、母は当惑したように、「びっくりしたわ。あんな恐ろしいことする人だったなんてね」

「そうじゃないの、訊きたいのは」

「じゃ、何なの？」

「平井さんが疑われてるって知ってた？」

「まさか。お母さんが知ってるわけないでしょ。——さ、早く入って、お風呂」

話を避けている。気のせいかもしれないが、そう感じた。

電話が鳴り出して、私の方がすぐそばに立っていたので、受話器を取った。

「指田です」

押し殺した声が、

「法子さんですね」

と、言った。「三屋です」

三屋久美だ。私は、母がこっちを見ているのに気付いていた。

「あの——どこへおかけですか？」

と、わざとそっけなく言った。

「お母さんがそばに?」

「ええ」

「じゃ、かけ直します」

「いえ、そうじゃありませんよ」

「——ここは、K市のホテルです。電話番号は……」

久美が二度読み上げた番号を、私は必死で頭へ叩き込んだ。

「違うんです、ここは」

「かけられたらかけて下さい、何時でも構いません」

久美の口調は、必死だった。

「はい、それじゃ——」

私は、電話を切って、「しつこいのよ、番号違いだって言ってるのに」

と、母へ言った。

「お風呂へ入ろう、っと」

私は、一旦自分の部屋へ入ると、今聞いた番号を、忘れない内に急いでメモした。

その紙を引出しへ入れて、ホッと息をつくと、もう、その番号は、きれいさっぱり、
頭の中から消えてなくなっていた……。

12　第二の死

私は電車を降りると、思わずため息をついていた。

この暑さの中で、出かけて来るなんて、何だか馬鹿なことをしたもんだ、という気がしたのである。しかし、三屋久美と平井正啓にとっては、そんなことを言ってはいられないだろう。

ともかく、K市まで来てしまったのだ。ここで引き返すわけにはいかない。

駅の前の交番へ行って、ホテルの場所を訊いた。少し、町の中心部からは外れているが、歩いて行けない距離でもないらしい。大体K市といっても、私の住む町と大して違わない規模しかない、小さな市なのである。

「そうだね。歩いて――まあ、二十分ってところかな」

「二十分……」

この炎天下の二十分と来ては、考えただけでもうんざりだが、仕方ない。礼を言って、交番を出ると、ともかく歩き始める。

──ゆうべ、母がお風呂へ入ったのを確かめて、メモしておいた番号へ電話をかけると、久美がすぐに出た。平井正啓と二人だが、ずいぶん心細い思いをしているらしい。

ともかく電話では話せない、と言い張る。

「どうして逃げ回ってるの？」

と、私は言った。「知ってるんでしょ、彼のお父さんが──」

「ええ。でも、あんなの嘘です」

「ぬれぎぬだっていうの？」

「もちろんです！　そりゃ、克枝さんが平井君と付合っていたから、父親も会ったことはあるんです。でも、それだけで殺したなんてことに──」

「私も、どういう事情なのか知らないのよ。町の人は、口をつぐんでるし……。でも、あなたたちが隠れてても仕方ないんじゃないの？」

と、私は言った。

「いいえ。──危いんです」

と、久美が言ったので、私は戸惑った。

「危い？」

「ええ」

「危いって、どういう意味？　そりゃ、町へ戻れば、あなたはご両親に、外へ出して
もらえなくなるかもしれないけど――」

「そんなことじゃないんです」

と、久美は遮って、「ともかく、怖いんです、私」

本当に心配している。いや、怯えていると言っても良かった。

「彼もいるのね、一緒に」

「今、お風呂に……」

「そう」

私としては、別に久美と平井正啓を助けてやる義理はない。いくら先輩後輩の間と
いっても、そこまでは……。

「いいわ」

と、私は言っていた。「私に何かできることは？」

「本当にすみません」

久美は、泣き出しそうな声だった。「お金を貸していただけませんか。もうほとん
ど残っていなくて」

「いいけど……。大して持ってないわよ、私も」

「高いホテルじゃありませんし、食べる物も節約できますから。この何日かのり切れ

ば、後は何とか……」

「分ったわ。ともかくそっちへ行く。明日でも」

「そうしてくれますか」

久美は、ホッとしている様子だった。

前にも言った通り、何となく久美という子は、世話を焼いてやりたくなる子なのだ。

私は、自分がこんなに「いい先輩」だったとは、この時まで知らなかった……。

K市は、今朝、起きてから、母に、K市まで買物に行って来たい、と言ってみた。

K市は、私のいる町から一番近い「都会」（？）だし、ちょっとした買物に出るのはそう珍しいことでもなかったから、別に母もおかしいと思わなかったようだ。

母は母で、店の整理もあって、却って私が出かけてくれれば好都合らしかった。

少しお金もくれて、私は自分の貯金と加え、多少はまとまったお金を財布に、家を出て来たのだった。

——気を付けなきゃいけないのは、K市であの町の人に会うことだったが、久美たちもそれを考えて、中心から外れたホテルを選んだのだろう。道筋も、ショッピングに行くのとは外れていて、すぐに住宅の並んだ地域に入ってしまう。

その代り、途中でちょっと涼んで行こうかというわけにもいかず、二十分のはずの道は、汗をふきふき、三十五分もかかった……。

少しポーッとしていたのか、道が分らなくなって、私は、ちょっと立ち往生してしまったが、そこへちょうど、三屋久美が手を振りながらやって来たので、ホッとした。

「――すみません、こんな所まで」

と、久美はやって来て、「場所が分りにくいんで、迷われるんじゃないかと思って」

「今、迷ってたとこ」

と、私は笑って言った。「でも、あなたいつから待ってたの？」

「さっき――一時間ぐらい前です」

この炎天下に一時間も立っていたら、どうかなってしまうだろう。――実際、久美の顔は真赤で、汗を一杯に浮かべている。

私は、何だか急に久美のことが可哀そうになった。

「ともかく、涼しい所へ行きましょ」

と、久美の頭に手をやる。

髪が、火でもふきそうなくらい、熱い。

「――ホテルはその先を入った所です」

と、久美は指さして、「一応、冷房もあります。あんまり効かないけど」

「何か食べる物、買って行く？」

「そうですね。少し行くと、小さなスーパーが」

「じゃ、ついでだわ。そこまで歩きましょうよ。一度涼しい所へ入ると、もう出たくなくなるわ」

私たちはそこから五分ほど歩いて、小さなスーパーマーケットへ入り、ともかく涼しさにホッと息をついてから、すぐに食べられそうなものを、いくつか選んで買った。もちろん、お金は私が払ったのだ。

スーパーの隅に、自動販売機が並んでいて、椅子が置いてある。そこで私たちは冷たい缶ジュースを飲みながら一息入れた。

「――びっくりしたわ」

と、私は言った。「平井さんが捕まるなんて」

「町の人たちが、刑事さんに言ったんです」

「何を？」

「あの人が、若い女の子によくこづかいをやって遊んでる、って。――このK市へ来て、よく遊んでたのは確かみたいです。でも、克枝さんとそういう仲だったなんてこと……」

「その話だけで逮捕したんじゃないでしょ、いくら何でも」

「でも、具体的な証拠なんて、ないはずですわ」

私も、警察がしばしば自白だけで無実の人を犯人に仕立て上げるという事件が起っているとは知っている。

「町の人たちには、好都合なんです」

と、久美は、冷ややかな口調で言った。「町の誰かが犯人だっていうより、平井さんが犯人の方が……。どうせ嫌われていて、同情する必要もないし」

「私、県警の人、知ってるの」

と、私は言った。「丸山って刑事さん。なかなかいい人よ。訊いてみようと思ってる。どんな事情なのか」

「私たちのこと――」

「言うわけないじゃない」

「すみません。――彼が怯えていて。私の方が、励ましてるんですけど」

「何を怯えてるの？」

「何と言ったらいいのか……。自分の生活とか、信じてたものとかが、グルッと引っくり返ったというような……。何もかも失っちゃうわけですから」

「それはそうね」

と、私は肯いた。

父親が殺人犯というのでは、正啓もこれから自分がどうなるか、見当もつかないだろう。それが不安だというのは、よく分る。

「それに、私にも言わないんですけど、何かひどく心配してます」

と、久美は言った。

「どんな風に？」

「時々、夜中にうなされて目を覚ますんです。ひどく汗をかいて……。怯えてます。いくら私が訊いても、『何でもない』って言うばかりなんですけど」

自分が逮捕されると思っていたのに、実際は父親が捕まってしまった。もちろん、それはショックだろう。

しかし、それならそれで、弁護士に会うとか、色々することはありそうな気もする。

「――もう行かないと」

と、久美が立ち上った。「あんまり一人にしておくと、心配です」

「そうね。じゃ、一緒に行くわ。どうしたらいいのか、話し合いましょ」

私も少し荷物を持って、スーパーを出る。汗も大分ひいて、体が冷えているので、暑さも、すぐにはそう応えない。

車が一台、目の前を駆け抜けて行った。

「――指田さん、どうかしたんですか？」

と、歩きかけた久美の足が止った。

「ううん、別に……」

気のせいか。——車に詳しいわけじゃないが、今の車は、何だかゆうべ、学校から家へ戻る途中で見た車と同じような気がした。

上原洋介？　まさか！

今は、車の中は全く見えなかったのだが、いくら何でも、こんな所に上原洋介がいるわけはない。

気のせいだ。似たような車なんか、どこにでもいる。

私は頭を振って、久美の後について歩き出した。

ホテル、と名が付いてなきゃ、とても「ホテル」とは呼べそうもない、そんな所だった。

一応、三階建で、見たところ、アパートか何かみたい。救いは、比較的新しい、というこことぐらいか。

「どういうホテル、ここ？」

と、私は久美に訊いた。

「恋人同士がよく使うんです」

「ああ……。でも、そういうのって、もっとキンキラで、派手なのかと思った」

「お金のある人はそういう所でしょうけど、私たちなんか……」

「じゃ、前にもここを?」

「ええ」

久美は、少し頬を赤くした。暑さで赤くなってもいたのだが。

「初めて、ここで……」

人目を避けると、こんな場所になるのかもしれない。確かに、町の外から、車で来ると、入りやすいかもしれない。

ロビーなんて、ただの「空間」という感じだが、ともかく、そこへ入って、もちろんフロントなんてものはない。いや、あるにはあっても、人がいない。

「——彼、寝てるかも」

と、久美は階段を上りながら、言った。

「部屋は?」

「二階です。奥の方の——」

廊下に、誰か男の人が立っていた。久美が、凍りついたように、立ちすくむ。

「——お父さん」

久美の父親が、立っていたのだ。

「戻ったか」

と、久美の父親は言った。「捜したぞ」

「電話したわ」

「あんなことじゃ、ますます心配する。母さんは寝込んでる」

「仕方なかったの」

「帰るんだ」

「いやよ」

――私は、不安だった。

「三屋さん」

と、私は言っていた。「どうしてここが分ったんですか」

「今朝、あんたのお母さんから電話をもらったんだよ。ここの電話番号を教えてくれてね」

母は気付いていたのか！　机の引出しに入れたメモを見たのだ。

「ごめんね」

と、私は久美に言った。

「いいえ。――ともかく、私、帰らない」

「馬鹿を言うもんじゃない」

「ともかく、部屋へ入りませんか」

と、私は言った。「廊下じゃ、話もできません」

「——分ったよ。どこだ？」

久美は、黙って歩いて行くと、ドアの一つをノックした。

「平井君。——私よ。開けて」

ドアを何度も叩いた。

返事がない。まるで、中に人の気配がなかった。

「変だわ。どこへも出かけるわけないのに」

久美は、ドアの把手をつかんで回した。「——開いてる」

自動ロックじゃないのだろう。ドアがスッと開いた。

私たちは中へ入った。——狭苦しいが、一応、ベッドが二つ、並んでいる。

「いないわね」

と、私は言った。「そこ、バスルーム？」

「ええ」

私は、バスルームのドアが細く開いていたのを、大きく開けてみた。

思いもかけないもの——平井正啓が、そこにいた。

いただけなら、それは当り前のことだ。しかし……。

「嘘よ！」

と、久美が叫んだ。

「何だ、こりゃ」

久美の父親も、目をむいて立っている。

――平井正啓の体は、首にかけたロープだけで、天井からぶら下って、ゆっくりと揺れていた。


ドアが開いて、入って来たのが誰なのか、私は確かめようとも思わなかった。母に決っていると思っていたからだ。電話で話して、母が、

「今から迎えに行く」

と言ってから、ちょうどそれくらいの時間がたっていた。

「やあ」

母とは似ても似つかぬ声がした時、私はびっくりして、思わず声を上げそうになったくらいだ。

「――一向に冷房が効いてないね」

と、丸山刑事は相変らず暑そうに、汗をハンカチで拭っている。

私は、母が来るとばかり思っていたので、かなり気が張っていた。母に何と言われるか分らなかったが、ともかくじっと黙っていてやろう、と決心していたのだ。

それが――こののんびりした感じの刑事に声をかけられて、何だか……急に気持が

ゆるんでしまった、というところだろうか。

なぜだか、突然涙が出て来て止らなくなったのだ。悲しくも悔しくもないのに泣けてしまうなんて、そんなこと、あるわけない、と自分に言い聞かせても、だめなのだ。

「おいおい」

丸山刑事は、面食らってしまったらしい。「どうしたんだ?　――大丈夫かい?」

私は、泣きながら、ただ首を振っていた。

――我ながら、意外だったが、やはり目の前に人の死を見たというショックは、自分で思っていた以上に、大きかったようだ。

十分近くも泣いていただろうか。

やっと涙が止って、私は、ハンカチを出して顔を拭うと、

「顔を洗っていいですか」

と、言った。

「うん。もちろん」

丸山刑事はホッとした様子だった。

私はバスルームへ入って、洗面台で顔を思い切り洗って、やっとすっきりした。

ここは、あのホテルの別室である。――平井正啓が首を吊っているのを見付けてから、どれくらいたっていただろう?

二時間か、三時間か……。ともかく、あの瞬間から、しばらくは時間も静止してしまっていたのだ……。

何とかまともな顔に戻って、バスルームを出ると、丸山刑事が、缶ジュースを差し出してくれた。顔を洗っている間に、買って来たらしい。

「もうすぐ君のお母さんがみえるよ」

と、丸山はソファに座って、「君を泣かしたと思われちゃかなわないからね」

私は、丸山の困惑した様子を見ても、笑いたいとは思わなかった。

「もう、片付いたんですか」

私は、ベッドに腰をおろした。

「あの部屋かい？　うん。――あの女の子……。何といったかな」

「三屋久美です」

「そうそう。あの子は、父親が連れて帰ったよ。放心状態で、逆らう気にもなれなかったようだ」

もう久美には二度と会えないかもしれない、と私は思った。

「どうして君はここへ来たんだ？」

と、丸山が訊く。

私は、至って素直に話をした。東京のホテルへ久美が突然やって来たことから、今日、ここへやって来るまでを。

「──そうか」

丸山は、やっと汗がひいたのか、くしゃくしゃになったハンカチをポケットへねじ込んで、「もう大丈夫。心配することはないからね」

と、言った。

その子供をあやすような言い方に、つい私は微笑んでしまっていた。

「そうそう。君は笑うととても可愛い」

「馬鹿にするんですか」

「いや、とんでもないよ。昨日のＴＶの会見をずっと本部で見てたんだ。君はＴＶうつりがいいね。光ってたよ」

お世辞なんか私に言っても仕方ないだろうに、と思いつつ、

「どうも」

と、私は礼を言っておくことにした。

「──しかし、大変だね。お母さんも君も、たちまち有名人で」

「そんなことないです」

「東京へ行くんだろう？　会えなくなるのは残念だ」

私は、丸山刑事の軽口に付合う気分じゃなかった。

「——刑事さん。教えて下さい。どうして平井さんを逮捕したんですか」

丸山は、ちょっと何とも言いようのない表情で私を見ていた。

「——興味があるのかい」

「もちろんです。刑事さん、あの学校で私たちと話しましたね。あの時、話した通りだったとしたら、平井さんが犯人だなんて、とても思えないんです」

丸山は、しばらく間を置いた。考え込んでいるのか迷っているのか、どっちとも取れる表情だった。

「今日はね、僕は休みなんだ」

と、丸山は関係なさそうなことを、言い出した。

「——じゃ、どうしてわざわざここへ？」

「平井の息子が、なぜ死んだのかと思ってね……」

「じゃ、刑事さんも、おかしいと思ってるんですか」

「僕は、平井啓一を逮捕するのに反対だったんだ」

「でも——」

「会議の結論は、逮捕、と出た。有罪に持ち込める、という見こみが立ったからだ」

「有罪に？　でも、何か証拠が——」

「確かに、平井啓一は、息子のガールフレンドだった森下克枝を知っていた。この町で、平井は、高校生ぐらいの若い女の子を連れて遊んでいるのを、何度か見られている」

「克枝だったんですか」

「写真を、証人に見せた。そうかもしれない、という答えだった」

「はっきりしないんですね」

「セーラー服の写真じゃ、とても分らないさ。遊んでる時は、派手な格好で、化粧もしていたというし、薄暗いバーとかクラブで見られてるわけだからね」

「他の女の子かも――」

「そうだ。しかし、『かもしれない』でも、訊問するには充分だよ」

と、丸山は言った。「それに、克枝が殺された前の晩から平井はアリバイがない」

「本人はどう言ってるんですか」

「佐野康代《やすよ》という女の所にいた、と言ってるらしい」

あのホテルにいた、ユリの母親だ。

「私たちと同じホテルにいました」

「知ってる。君にも会ったからね。君はあの女を――」

私は、ユリという子との出会いを説明して、

「あのホテルにいたのなら、分るじゃありませんか」

と、言った。

「いや、その時は、あのユリという子と三人で、別荘に行った、というんだ。自分の車でね。——確かに、佐野康代はその通りだと言っている。しかし、もちろん彼女の証言ではだめだ」

「かばってる、と?」

「嘘だということにはならないがね。しかし、もしその間に平井があの町へ戻っていたのなら、容疑は深くなる」

「でも——なぜ、平井さんが克枝を殺すんですか?」

丸山は、黙って肩をすくめただけだった。

私は、ゆっくりと首を振って、

「おかしいわ。だって、はっきりした証拠なんて、ないじゃありませんか。克枝が平井さんの恋人だったかもしれない。その日に平井さんが町にいたかもしれない。何か動機があったのかもしれない……。みんな、『かもしれない』ことばっかり」

「そうさ」

と、丸山は肯いた。「僕も、だから反対したんだよ。しかし……。平井自身、かなり後ろ暗いことをやって来ている。疑われても仕方のないところもあるんだ」

「でも——それと克枝を殺したかどうか、ってこととは関係ないじゃありませんか」

「君の言う通りだと思うよ、僕も」

丸山は、立ち上って、言った。「平井が自白しなければ、おそらく証拠不充分で無罪になるだろう。しかし、もし――」

ドアをノックする音がした。

「あの――指田です」

母の声がした。

丸山はドアを開けた。

「あ、どうも」

母は、丸山に会うとは思っていなかったのだろう。ちょっとびっくりした様子で、頭を下げた。

私は、母と目が合っても、目をそらせなかった。

「連れて帰ってもよろしいんでしょうか」

と、母は言った。

「ええ。問題ありません。別にお嬢さんが何かしたというわけじゃないんですから」

「でも、ご迷惑をおかけして」

母はもう一度、頭を下げてから、「法子、行きましょう」

と、促した。

私は黙って、先に部屋を出た。

「そうだ」

丸山が思い出したように、「奥さん、この度《たび》はおめでとうございます」

と、言った。


「何を怒ってるの」

列車の中で、母は言った。

「別に」

私は車窓から、まぶしいほどの日射しに光る木々を眺めながら言った。

「口もきかないじゃない」

母は、ちょっと息をついて、「三屋さんに知らせたことを怒ってるのね。――仕方ないでしょう。あんたも親になれば分るわ」

そんな言い方はずるい。親でない人間に対して、不公平だよ……。

「ともかく――」

と、母は言った。「よく考えてね。これからは」

これから？　――私は母を見た。

「どうして、これからなの？」

「つまり、新しいお父さんのことがあるからよ」

「上原洋介が父親になるからって、それがどうなの?」

「あんたの名前が出れば、必ず、あの人の名も一緒に出るってことよ。分るでしょう?」

私は、母から顔をそむけて、また外へと目を向けた。

——思ってもみない言葉だった。

もちろん、母だって、人並みに世間体《せけんてい》を気にすることはある。しかし、今度の場合は、それとは違っていた。

私が、三屋久美を助けようとしたことと、自分の夫——未来の夫だが——の「名前」とを比べて、母はごく当り前のように、夫の「名前」を取ったのだ。

この時ほど、私は母が私から離れて行ったと感じたことはなかった。

「——お店の方、かたがついたのよ」

と、母は言った。「岡田さんの旅館で、面倒をみてくれることになったの」

「良かったね」

と、私は外を見たまま、言った。

「明日、東京へ戻るわ」

と、母は言った。

もう、母にとって、「戻る」先は東京——上原洋介のいるところなのだ……。
私は、まぶしさを見まいとして、目を閉じた。

13　夜の人影

「法子」

手を振っていたのは、意外な顔だった。

私はホテルのロビーを駆け抜けて、丹羽宏子に飛びかかって行った。

「何よ！　この薄情な友人め！」

と、私は宏子の頭をこづいてやった。「ボーイフレンドは？　今日は彼氏が忙しいんでしょ」

「そういじめないでよ」

と、宏子は、すっかり陽焼けした顔で、「TVで見た！　法子の方こそ、あんな凄いこと、黙ってるなんて」

「上原洋介のこと？」

「当り前でしょ。——あ、お母さんね」

母が、荷物をベルボーイへ渡してやって来た。丹羽宏子は、

「ごぶさたしてます」

と、そつなく挨拶して、「おめでとうございます」

「ありがとう。——法子、部屋は分ってるわね」

「もちろん。後で行くわ」

「じゃ、荷物はそのままにしておくわよ」

母は宏子の方へ会釈して歩いて行った。

宏子と私は、ラウンジへ入って、〈真夜中の貴婦人〉だの、〈森の中の宝石〉だのというう、注文するのに照れるような名前のついたデザートを頼んだ。

「——法子のお母さん、きれいになったね」

と、宏子が言った。

「そう？」

「うん。ぐっと若くなって。やっぱり凄いね、恋人ができると」

宏子の言い方は大人びている。

「そっちはどうなの？　彼氏とはうまくいった？」

「向うで、カッコいい男の子に会っちゃってさ、おしゃべりしてたもんだから、彼がすねて大変。面白かったけどね」

「へえ。すっかり大人してるんだ」

「でも、男って、若くても、年取ってても、ああなんだね。すぐやきもちやいて。おかしいくらい」

やきもちか……。

克枝を殺したのも、「やきもち」だったとしたら……。誰かが、克枝に嫉妬《しっと》したのだとしたら。

それは、初めて私の中に湧き上った考えだった。

「ねえ、法子」

「うん？」

「上原洋介に会ってるんでしょ？」

「そりゃね。だって、父親だよ、自分の」

「いいなあ！　上原洋介の娘です、なんて、言ってみたい！」

「そう？」

「そうよ。――ね、学校は？」

「何とかこっちの私立へ入れそう。来週でも、編入試験を受けることになると思う」

「へえ！　じゃ、いよいよ、法子も遊び仲間だ」

「結構うるさい学校みたいよ。母の注文でしてね」

宏子は、声を上げて笑った。

「——ねえ、上原洋介のサイン、もらってくれる？」

「いいよ。でも、何十枚とか言わないでね」

「二、三枚。ファンがいるの、結構」

「高く売るかな」

と、私は笑って言った。

「ね、お母さんと上原洋介のなれそめ、ってＴＶで言ってた通りなの？」

「そうよ。——映画のロケ」

とは言いながら、私自身は、ＴＶの記者会見がどうまとめてあったのか、よく知らないのだ。

「詳しく教えてよ」

と、宏子が身を乗り出す。

「いいわよ」

私が、町にロケ隊が来る、と聞いた時のことから話すのを、宏子は熱心に聞き入っていた。

もちろん、私は、森下克枝が殺されたことは、話さなかった……。

「じゃ、その映画、法子も出てるんだ！　凄いじゃない」

「エキストラよ」

「でも、セリフもあるんでしょ」

「『失礼します』とか、『先生』とか、一言、二言ね」

「へえ！　映画館へ友だちを連れて行こ。いつやるの？」

「たぶん――秋ごろじゃない？」

と、私は言った。

そういえば、あの映画のことは、ほとんど忘れかけていた。

あれから起ったことの方が、ずっとドラマチックで、そして悲しかったのだから
……。

注文したデザートが来た。運んで来たウェイトレスが、私の顔を憶えていたらしい。

「あら、ＴＶで拝見しました。お母様もご一緒ですか？」

と、声をかけて来た。

「ええ。今日からまた」

「まあ、それじゃ、またお目にかかれますね」

なかなか爽やかな笑顔の女性だった。

「あの――」

と、私は思い付いて、「スイートにいた、佐野さんっていう……お母さんと、小さい女の子の二人なんですけど」

「ええ。――ご主人が、警察に」

「その人です。あの二人、まだこのホテルにいるんですか」

「そのはずですけど。でも、出て来ないみたいですね。プールの係の子が言ってました。全然来なくなった、って」

「でも、まだいるんですね」

「部屋で、ずっと過してるみたいです。ルームサービスで食事をして」

「そうですか……」

と、私は言った。

ユリはどうしているだろう?

「――法子、何の話?」

と、ウェイトレスが行ってしまうと、宏子が、言った。

「別に。この間、ここにいる時にね、ちょっと仲良くなった人なの」

とだけ、私は言って、「ねえ、今度はどこかへ連れてってよね」

「分ってる。どこがいい?」

「うーん」

私はちょっと考えて、「ディズニーランド」

と、言った。

チャイムを鳴らすと、しばらくしてから、

「はい」

と、女性の声がした。

どことなく用心深い声だ。――当然だろう。

「どちら様ですか」

と、訊かれて迷った。

何と言えば開けてくれるかしら？　名前を言ったら――もしかしたら、平井から、
私や母のことを聞いているかもしれない。

「ユリちゃんの友だちです」

と、私は言った。

少しして、ドアが開いた。

顔を覗かせた佐野康代は、

「まあ」

と、言った。

「ユリちゃん、いますか」

「ええ……。でも――」

ひどく、やつれた顔だった。この数日で、十年も年齢《とし》を取ったかのようだ。

「ママ、誰？」

と、ユリが駆けて来た。

外へ出たくて仕方ないのだろう。

「あ、お姉ちゃん！」

「ユリちゃん、ただいま」

と、私は言った。「明日ねえ、お姉ちゃんはお友だちとディズニーランドに行くの。ユリちゃん、一緒に行かない？」

ユリが目を輝かせて――しかし、母親の顔を見る。

「ママ――」

「でも、今は……」

「いいじゃありませんか」

と、私は言った。「ユリちゃん、何の関係もないんですもの。――外へ出なきゃ、子供なんですから」

「ママ」

ユリが、母親の手を、ギュッと握る。

「――分ったわ。じゃ、お願いできます？」

「はい」

と、私は肯いた。

「ありがとうございます。明日は弁護士さんと会ったりしなくてはいけないので、どうしようかと思っていたんです」

「一日、ゆっくり遊んで来ますから。ね、ユリちゃん」

「うん！　やった！」

ユリがピョンピョン跳びはねているのを見て、康代がふと涙ぐんだようだった。

「ユリちゃん、お姉ちゃん、荷物片付けたら、プールに入るよ。一緒に入ろう」

「うん」

「呼びに来るからね」

「分った！」

ユリが、部屋の奥へと駆け込んで行く。

「――どうもありがとう」

と、康代が言った。「あの人が、とんでもないことになって……」

「知ってます。でも、人の目なんか気にしないで。ユリちゃんが可哀そうですよ」

「ええ」

と、康代は、微笑んだ。「そうですね。本当に……」

「じゃ、三十分したら来ますから」

私は、急いで自分の部屋へと歩いて行った。子供にとって三十分は三十分で、三十五分でも三十一分でもないのだ。


夕食の時、思いがけず、上原洋介がやって来た。

「――よく来られたのね」

と、母は嬉しそうに言った。

「早目に撮影が終ってね」

と、上原洋介は、私たちのテーブルについて、「やれやれ、間に合った！」

食事の席では、専《もっぱ》ら二人の式のことに話が終始して、私はほとんど口をきかなかった。

結局、式は夏休みの終る直前、八月の二九日ということになった。

「法子君の入る予定の高校は私立だから、九月の新学期は四日からだ。少しのんびりできるよ」

「わ、もうかった」

「良かったわね」

「お母さんの方が、でしょ。ハネムーンに行ってられるから」

「冷やかさないで」

と、母は苦笑した。

「明日、一日オフになったんだ」

と、上原洋介が言った。「共演の女の子が倒れてね」

「まあ」

「どうだい、三人でドライブでもしよう」

「そうね。──法子、いいんでしょ？」

「明日は、宏子と約束してる」

「丹羽さん？　変えられるでしょう、電話して」

「変えたくないの」

と、私は言った。「ユリちゃんも一緒だから」

「ユリちゃん？」

母が、ナイフとフォークをおろして、「あの……平井さんの？」

「うん。ずっと部屋にとじこもって、出て来ないっていうから、可哀そうで。あの子に罪ないでしょ」

「それにしても、何もあなたが──」

「子供との約束よ。破っちゃいけないと思うわ」

母は少し厳しい表情になった。

「法子。あなた、どうして意地になるの?」

「意地になんて、なってないよ」

「じゃ、どうしてわざわざ——」

「いや、法子君の気持は分るよ」

と、上原洋介が取りなすように、「子供のことを騙《だま》しちゃいけない。それは本当だ」

「でも——」

「ドライブは二人で行こう。法子君ももう子供じゃない。自分の生活があるんだよ」

母は、ため息をついたが、

「いいわ」

と、肯いた。「あんまり遅くならないでね」

「うん」

私も、それ以上は言わなかった……。

食事を終って、デザートを頼もうとしていると、おばさんたちのグループがワッと
レストランへ入って来て、上原洋介に気付いた。

「見て見て!」

「ねえ——あの人よ、ほら」

「ね、TVで……」

「大きな子供がいるのね」

――およそ、遠慮というもののない口調である。

うんざりした様子の上原洋介は、

「出ようか」

と、言った。

「ええ」

母も、即座に肯く。

私たちは、ラウンジへ行って、コーヒーを飲むことにした。

「――何かのロケ?」

と、私は言った。

ラウンジに、それらしい格好の人たちが、七、八人、集まっていたからだ。

「TV映画だな」

と、上原洋介が言った。「あのメンバーなら」

「知ってるの?」

「二人三人はね。そう親しいわけじゃないけど」

上原洋介は、コーヒーを飲み干すと、「法子君、もう少しここにいるかい?」

「ちょっとお母さんと二人になりたいんだ。三十分もあればいい」

「どっちでも」

「ごゆっくり」

上原洋介は、母を促して、席を立った。

ラウンジを出る時に、そのロケ隊のグループに、声をかけて行く。――スターも、なかなか楽じゃないのだ。

一人で残った私は、何か甘いものでも取ってやれ、とメニューを眺めていた。すると、

「やあ！」

ポン、と肩を叩かれて、びっくりした。

「あ――」

顔を上げると……。「〈赤鉛筆〉さんだ」

あの町にロケでやって来て、スタッフの中でも、人気のあった人だ。〈赤鉛筆〉というあだ名は憶えていたが、名前の方は、ケロッと忘れていた。

「君のお母さんだろ、上原の洋ちゃんと……」

「ええ。――今までいたんですよ」

「もう少し早く来るんだった！」

と、大げさに残念がる。

「あそこのロケ隊と一緒?」

「うん。でも、ロケ隊ってほどのもんじゃないよ。——このホテルの近くは、年中TVのロケに使ってるからね」

「へえ。もうお仕事、済んだんですか」

「そう。——でも、びっくりしたよ。君の顔もTVに出てたじゃないか」

私は、ふと興味がわいた。上原洋介と母の仲を、スタッフの人たちは、気付いていたのだろうか?

「かけません?」

と、私は言った。

「いいの?」

「ええ。どうせ邪魔者なんです」

「なるほどね」

と、〈赤鉛筆〉さんは笑って、「じゃ、カレーでも食べよう」

「急ぐんですか?」

「そうじゃないけど、カレー以外のものを食べてると、仕事してるって気がしないんだよね」

と、真顔で言う。

注文してから、私は、

「何だか、あのロケ、ずっと前のことみたいだわ」

と、言った。

「そうだろうね」

と、〈赤鉛筆〉さんは肯いた。「僕らにとっちゃ、沢山の仕事の一つだから、一年もすりゃ、忘れちまうけど」

「あの町にとっちゃ、大事件」

「しかも、上原洋介と、町の女性のロマンスと来りゃ、そりゃ忘れられないね」

「石碑でも建つかしら」

と、言って、私は笑った。

そして――真顔になって、

「色々あったんですよ、あの後」

と、言った。

「そうだってね。いや、僕はあの後、東南アジアを回ってたんだ。この間、帰って来て、あの時の仲間の一人に会って、聞いたよ」

「エキストラで出た娘《こ》が殺されて……」

「あの、一番目立った子だろ？　いや、もちろん、君も目立ってたけどさ」

「無理しないで下さい」

「あの子――克枝君、だっけ？　監督も、目をつけてたね」

「知ってます」

三屋久美の話が本当なら、それが克枝を死なせた原因の一つかもしれないのだが……。

「しかし、残酷なもんだなあ」

と、〈赤鉛筆〉さんはため息をついて、「あの映画が公開されたら、死んだ娘が、スクリーンで生きてるわけだ」

「そうですね。――何だか見たくないような気持」

と、私は言った。「一つ、訊いていいですか？」

「何だい？」

「上原さんと母とのこと――。スタッフの間で、知ってたんですか？」

「うーん」

〈赤鉛筆〉さんは、しばらく考えていたが、やがて、ゆっくりと首を振って、「いや、ほとんど知らなかったんじゃないかな。少なくとも噂になってりゃ、当然僕の耳にも入ってるからね」

「じゃ、よっぽどうまく隠してたのかなあ」

「君も知らなかった？」

「全然」

「そうか。——まあ、ロケ先ってのは、結構、色々あるもんだよ。独特のムードがあるしね」

「つまり……男の人と女の人の？」

「うん。——内緒だけど、岩花妙子が、町の男性とこっそり会ってたんだぜ」

「ええ？　誰と？」

本当に仰天した。

「名前は忘れた。でも、スタッフは見て見ないふりさ」

「びっくりだなあ。——他にも？」

「さて、こういう話はお互いに秘密を守ることになってんのさ」

「〈赤鉛筆〉さんも？」

「僕は真面目だからね。見た通り」

どこまで本気なのやら……。

「あの克枝って子が、誰かに会いに来てたのは確かだよ」

「克枝が？」

私には意外な話だった。――ロケ隊の人と親しくなっても、もちろん不思議ではないが……。

「うん、時々見かけた」

すると、克枝は、平井正啓を振って、ロケ隊の誰かと付合っていたのだろうか？

「相手は誰？」

と、私は、身をのり出した。

「さあね」

「知ってたら、教えて下さい。――克枝が殺された事件とも、関係あるかもしれない」

「しかし……犯人、捕まったんだろ？」

「私、あの人が犯人じゃないと思ってるんです」

「へえ。じゃ――」

「もちろん、そのロケ隊の人じゃないわ。だって、事件はロケ隊が帰った後に起ったんですもの」

「それはそうだな」

「でも、克枝が誰と付合ってたか分れば、何か他のことも分るかもしれないの。――教えて」

「いや、僕も、誰だったのかは知らないんだよ。本当だぜ」

「知ってた人も？」

「どうかな。――会った当人も、相当に用心してたと思うよ」

「どうして？」

「相手は一六だよ。下手すりゃ捕まる」

「あ、そうか」

「こんなこと言っちゃ何だけど――あの子の方が積極的だったんじゃないかな。スターになりたがってたからね」

「ええ、分ります」

と、私は肯いた。

「だからね、きっとかなり大物を狙ってたと思うよ。下っぱと恋人になっても、意味ないからね」

「大物……」

「つまり、芸能界へ入った時、引き立ててくれるような人だね。――あの中なら、監督とか、シナリオライター、役者でも、主役級の……」

「まさか――」

と、私は言っていた。「上原さんが？」

「僕は知らないよ」

と、〈赤鉛筆〉さんは肩をすくめた。「彼女の方が接近してたのは確かだけどね」

「克枝が？」

「うん。しかし、彼の方は君のお母さんと恋を語ってたわけだからな。きっと、あの子は振られたんじゃないのか」

――上原洋介と克枝。

考えたこともない組合せだった。

もちろん、その可能性は極めて少ない。

上原洋介と母の間が、かなり急速に進展していたに違いないのだから、克枝が、ただの「遊び」としてでも割り込む余地は、なかっただろう……。

「一度だけ、見たね」

と、〈赤鉛筆〉さんが言った。

「え？」

「夜中に、暑くて、散歩に出た時、あの子と上原洋介が歩いてた」

「――本当ですか」

「でも、歩いてただけだよ」

と、あわてて強調する。「別に恋人って感じじゃなかった。きっと、スターになりたいとか、相談してたんじゃないかな」

「そうでしょうね……」

と、私は言った。「きっと、そうですね……」

——一時間して、私は、部屋へ戻って行った。

上原洋介はもう帰っていたが、母が何か言いたげな様子で待っていた。

「どうかしたの？」

「今、丸山さんって、あの刑事さんから、電話があったの」

「何て？」

「ええ……。平井さんが、殺人を自白したって」

と、母は言った。

14　真夜中の仕事

「ただいま」

と、私はマンションのドアを開けて、「お母さん。——いないの」

出かけるとは言ってなかったのに。

このところ、母もよく出かける。あの町で雑貨屋をしていたころとは、別人みたいだ。

でも、あの町じゃ、出かける所もない。東京とはわけが違うんだから。

鞄《かばん》を放り出し、制服のブレザーを脱いでソファの背にかけた。

——新しい制服も、やっと着なれた。サイズのぴったりのがなかったのだが、不思議なもので、着ている内に合って来る……。

指田法子から変った「上原法子」という名も、大分合って来ていた。

十月も、後半に入って、新しい学校での暮しにも慣れた。ミッション系の女子校で、色々やかましいことはあるが、通っているのがおっとりしたお嬢さんばっかりで、呑気でいい。

休みの日には、自由に着たい物を着て出歩けるから、そう不便は感じなかった。

編入した時には、もう生徒の方でも、私のことはよく知っていてくれて、その分、溶け込むのに苦労もない。

新しい父との暮しは？

これが、まだ一向にピンと来ない。ともかく、年中ロケだの何だので、このマンションにいるのはせいぜい週の半分。

しかし、母は別に不満もない様子で、楽しげだったから、私が文句を言うこともないだろう。

母はすっかり若返った。前に書いた通り、よく出かけるし、服のセンスも良くなった。

主に、上原洋介のマネージャーをしている女性が、母にあれこれアドバイスしているのだが、あの母が、カクテルドレスでパーティに出るなんて、前には想像もできなかった！

そうそう。それから私にはこれから、弟か妹ができることになるかもしれない。

一八歳も離れて！　——ま、お好きなように、というところ。

子守りばっかりさせられるのはごめんだけどね。

――留守番電話のメッセージランプが、点滅していた。

テープを聞く前に、私はコーヒーをいれて、カップに注ぎ、ソファにのんびりと寛《くつろ》ぐ。――一息いれる時にはコーヒーを一杯。

これは、このマンションで暮し始めてからできた習慣である。直接的には丹羽宏子の影響で、宏子が「コーヒー通」になって、都内のコーヒーのおいしい店というのに、ずいぶん連れて行ってくれたのだ。

それまではコーヒーなんて、インスタントで充分だった私が、今じゃこうして自分で豆から挽《ひ》いていれたコーヒーを飲まないと、休んだ気分にならないのだから、変ればば変るもの。

このコーヒーのこともその一つだが、自分で気付かない内に、身についてしまっている新しい生活の習慣も、いくつかあるのかもしれない。

少し砂糖を入れ、ミルクは抜き。一口飲んで、

「ちょっと豆がしけってたかな……」

と、首をかしげたりする。

留守番電話のテープを聞くことにして、〈再生〉のボタンを押す。

テープがしばらく巻き戻って、再生になる。ピーッと笛の鳴るような音がして、

「法子。お母さんよ」

「言われなくたって分るわよ」

と、私は勝手に返事をする。

「言うのを忘れてたけど、今日、夕方からどうしても欠席できないパーティがあったの。悪いけど、何かご近所で食べてちょうだい。お腹が空いてないのなら、八時ごろには帰れると思うから、それから何か作るわ。じゃ、お願いね」

八時まで待ってたら、死んじゃう！　私は天井を仰《あお》いだ。

まあ、この辺は、五分も歩けば、ちょっとしたレストランや、おそば屋さんには事欠かない。母も、それが分っているから、出歩くのだろう。

ピーッ、と音がして、

「法子、お母さんよ」

と、また母の声。「冷蔵庫に、お昼の炒飯《チャーハン》が入ってるから、もし良かったら、食べていてね。じゃ、できるだけ早く帰るから……」

長いこと、あの小さな町で過して来た母にとっては、子供の夕食も作らずにパーティに行くなんてことには、つい「罪の意識」を覚えてしまうのだろう。こっちは大して気にしてはいないんだが……。

ピーッと音が入って次の伝言。

「黒木《くろき》です。今夜は撮影、徹夜になりそうなので。途中、上原さんから電話するそうです」

黒木というのは、上原の——父の、と言わなくてはならないのだろうが——マネージャーで、よく年齢の分らない女性である。黒木ルイ子という、よく陽焼けしたいかにも元気そうな女《ひと》。

自分は仕事柄か、男みたいな格好で、髪も短く切ってしまっているが、母の服をアドバイスしたりするセンスはなかなかいいし、私も彼女に意見を聞くこともある。

夜中に上原洋介をこのマンションまで送って来ても、翌朝はちゃんと早い時間に電話をかけて来るのだ。一体いつ寝ているんだろう、と不思議になるくらいだ。

ピーッ、とまた音がして——よく今日は電話のかかった日だ。

「もしもし」

と、女の子の声。

誰だろう？　耳を澄ましたが、なかなか続きを言わない。

慣れていないと、留守番電話に吹き込むというのは、なかなか度胸が必要なのだ。

「あの——ええと、岡田厚子です」

「厚子！」

私は、懐しさに、思わず声を上げた。一、二度手紙は出したが、お互い、学校が始まってしまうと、忙しくなる。このところ、厚子と電話で話したこともなかった。

「お電話いただきたいんですけど。何だか言いにくそうにしていた。

「あの……」

と、厚子は、何だか言いにくそうにしていた。

――よろしくお願いします」

「かしこまっちゃって！」

と、思わず私は笑ってしまった。

急いで、自分の部屋から手帳を取って来る。――もちろん、改めて紹介することもないだろうが、私の部屋も、あの町にいたころとは、イメージを一新して、いかにもモダンになっている。

厚子の家へ電話をかけた。

いくつかの番号を押すだけ、という簡単なことが、何かきっかけでもないと、なかなかできないものなんだ。

――向うはなかなか出なかった。

「留守かな……」

と、呟いていると、向うが出た。

「岡田ですけど」

厚子だ。――私はわざと気取って、

「岡田さんのお宅でいらっしゃいますか？」

と、言った。

「そうですけど」

「恐れ入ります、上原法子と申しますが、厚子さん、いらっしゃいますでしょうか？」

「――法子！」

私は、笑いながら、

「厚子、元気？」

「誰かと思っちゃった！　びっくりした。口のきき方も変ったの？」

「ジョーク、ジョーク。電話くれたでしょ」

「そう。そうなの。――ね、お母さんはいらっしゃる？」

「上原夫人？　今はパーティにご出席。何しろ急に社交家に変身されて」

「そう。――あのね、叔母さんが、亡くなったの」

私は、しばらく考え込んでしまった。

叔母さん？　誰だっけ？　亡くなった、っていうから、もう相当の年齢《とし》で……。

「あの叔母さん？　旅館をやってる？」

「そう」

「――まさか！」

信じられなかった。上原洋介と母の記者会見の時、あんなに張り切って駆け回っていたのに。

「突然だったのよ」

と、厚子は言った。「昨日会った時は元気だったの。ただ、夜、少し疲れたから早く寝る、って言って、いつもより早く上ったんですって。で、今朝、いつも朝五時半には起きて来るのに、六時を過ぎても姿が見えないんで、旅館の人が様子を見に行ったら……。もう冷たくなってたって」

私は、しばらく、言葉も出なかった。

「信じられない」

「私もよ」

と、厚子もさすがにショックを受けている様子。「――町中、大騒ぎ。今夜がお通夜ってことになると思うわ」

「分った。母にすぐ連絡取るわ」

「うちでもね、法子の所へ知らせようかどうしようか、って、大分迷ったんだけど」

「どうして？」

「今はもう遠いんだし、それに忙しいじゃない、ご主人だって」

「そんなの、関係ないよ」

と、私は言った。「後で知らされたら、母も困ったわ。知らせてくれて、良かった」

「母と連絡ついたら、また電話する。それでいい？」

「うん、もちろん」

「お葬式には、必ず出ると思うわ」

と言って、私は電話を切った。

まだ心臓が高鳴っている。――思いもかけない人の死というのは、やはり大きなショックだ。

私は、どうやったら母に連絡が取れるかしら、と考えた。母が何のパーティでどこへ行ったか、私にはまるで分らないのだ。

ぼんやり考えていると、電話が鳴った。急いで出ると、

「法子さん？」

と、マネージャーの黒木ルイ子の声が飛び出して来た。

「黒木さん！」

私はホッとした。彼女なら、何とかしてくれるかもしれない。

「良かった！　あのね――」

私が事情を話すと、

「分ったわ」

「だといいけど」

と、黒木ルイ子は即座に言った。「ちょっと待ってね」

少し間があって、

「もしもし、法子か」

と、上原洋介が出た。

「お父さん。お母さんのパーティ、どこだか分る？」

「僕は知らないんだ。しかし——あの旅館のおかみさんだって？　それじゃ、僕も行かないわけにいかないよ」

「じゃ、どうすれば？」

上原洋介は、黒木ルイ子と何か話していたが、

「——夜十時には出られる。車で、あの町へ行こう。夜中に出れば、朝ぐらいに着けるだろう。母さんが帰ってから仕度しても、それなら間に合う」

「分ったわ」

「黒の服は持ってるね？」

「うん」

「じゃ、できるだけ早く帰る」

「はい、お父さん」

まだ、いくらかわざとらしく響く、「お父さん」という言葉も、こんな時には、却

って自然に出て来るものだ。

私は、コーヒーを飲み干すと、急いで自分の部屋へ入り、クローゼットから、黒のワンピースを取り出して、ベッドの上に広げて置いた。

車が、石にでも乗り上げたのか、ガタッと揺れて、私は目を覚ました。

息をついて、座席に起き上ると、

「起きたの？」

母が、助手席からこっちを覗いている。

いつの間にやら、私は後ろの座席で、横にされていたらしい。

「眠っちゃったんだ……」

と、目をこする。

「眠ってていいんだよ」

上原洋介が、ハンドルを握っている。

「今——何時？」

私は欠伸《あくび》しながら、言った。

「三時過ぎよ」

もちろん夜中である。

車は、左右にほとんど明りのない、闇の中を走っている。どれくらいのスピードなのか、見当もつかない。

「疲れたでしょ」

と、母が言った。「道が良くないしね」

――結局、上原洋介が撮影を終えて戻ったのは十二時ごろ。それから仕度をして出て来たのだ。

上原洋介が、明日――というより、正確には、今日だが――の夜、TVの、どうしても外せない仕事をかかえていて、ともかく、朝には町へ着きたい、ということだった。

「あなたは無理しなくても」

と、母は言ったが、

「あれだけ世話になった人だよ。そんなわけにはいかない」

と、上原洋介は言い張った。

新しい父の、この頑固さは、私も気に入った……。

「どの辺か、全然分んないね」

と、私は窓の外を見て言ってから、少し寝違えたのか、痛くなった首をさすった。

「あとどれくらいかかるのかな」

「そうだな。二時間ぐらいだろう」

と、上原洋介は言った。

「じゃ、朝までには着くね」

「寝てていいわよ。着いたら起こしてあげるから」

と、母が言った。

「もう大丈夫。——寝てると、服がしわになっちゃう」

「おっと」

と、上原洋介は、ブレーキを踏んで、「危うく通り過ぎるところだったよ」

少し車をバックさせ、それからわき道へと入った。

「目につかないのね」

と、母が言った。

「うん。よっぽど気を付けていないとね」

「あなた、大丈夫なの？　ゆうべもあんまり眠ってないんでしょ？」

「君を乗せてるのに、居眠り運転なんかするわけないだろ」

「へえ」

と、私は、助手席の背に手をかけて、「私は構わないわけね？」

「そんなはずないでしょ」

と、母は苦笑した。

車は、林の中の細い道を辿って行き、やがて小さな町へと出た。

もちろん、その町も眠っている。車はアッという間に駆け抜けてしまった。

――ふと、私は思った。

上原洋介は、どうして、こんな道をよく知っているんだろう？

車で、しかもこんな夜中に走って、小さな別れ道も見落とさないなんて……。

前に通ったことがあるのだろうか？

あと二時間、という言い方も、当てずっぽうではない様子だったし。

しかし、いつ通ったんだろう？

「――少し、旅館へ泊めてもらうかもしれないわ」

と、母が言った。「雑貨屋の方がどうなってるかによるけど」

「私、学校が――」

「ええ。先にマンションへ戻っても、大丈夫？」

「もう一七よ。一人で寝たって、泣いたりしないわ」

と、私は言ってやった。

「まあまあ、どうも――」

と、旅館の玄関を急いで出て来たのは、厚子のお母さんだった。

「この度はとんだことで……」

と、母が車を出て、頭を下げる。「本当に突然のことで、びっくりしました」

「こちらも……。まあ、上原さん、遠い所をわざわざ」

大人は大人同士での挨拶をし、こっちはこっちの付合いがある。厚子が、サンダルをつっかけて、出て来た。

「やあ」

「久しぶり」

私は、厚子の肩に手をかけた。――厚子も少し目を赤くしていたが、私と会えた、ということは嬉しかったはずだ。

「どう?」

と、厚子は言った。

「まあね」

何だかわけの分らないやり取りだが、同じ年齢《とし》の女の子同士、何もしゃべらなくても、相手の気分くらいは良く分るのだ。

「ともかく、お入りになって」

と、厚子のお母さんが、少し声を大きくした。「――旅館を閉めるわけにもいきませんからね。そんなこと、典子さんもいやがったでしょうから。お葬式は、町の公民館で、ということになりました」

「そうですか」

と、母が肯きながら、広い玄関へ入る。

「一旦、部屋でお休み下さいな。お疲れでしょう」

「二、三時間眠らせていただけば、充分ですよ」

と、上原洋介が言った。「それより、法子君は？」

「私と一緒に」

と、厚子が言った。「ね、お母さん、いいでしょ？」

「ご迷惑でないようにね」

と、母が私に言った。

「八時ごろ起こすわ」

と、厚子の母が、厚子へ声をかける。「少しお手伝いしてよ」

「ちゃんとしてるでしょ」

と、厚子がふくれた。

——お通夜の席で、お線香を上げてから、旅館の一室で、厚子と私は休むことになった。

車の長旅で体がこわばってしまって、私は部屋に付いた小さなお風呂へ入り、ホッとした。多少低血圧の気味があるので、入浴すると目が覚めて来るのだ。

厚子が、床を敷いておいてくれたので、浴衣を着て、布団に入る。

「――眠い？」

と、厚子が、枕もとの明りだけ点けて、言った。

「車で寝て来た」

と、私は言った。「ねえ、三屋さん、どうしてる？」

三屋久美のことが、心配だったのだ。平井正啓の自殺のショックから、立ち直ってくれただろうか。

「あの子？　――今月から学校へ来てるわ」

「ずっと休んでたの？」

「そう。出て来てはいるけど、あんまり口もきかないみたいね」

「そうでしょうね」

「例のこともあったけど、他にもね」

と、厚子は言った。

「他にも？」

「あの子、妊娠してたらしいわ。噂だけど、まず確かね」

「じゃ、平井正啓の──」

「そうでしょ。もちろん手術で堕《お》ろしたんだけど、そのせいもあって、休んでたみたい」

「可哀そうにね」

と、私は言った。「お葬式に来るかしら」

「来るでしょ、きっと。でも、誰とも話したがらないみたい」

「見るだけでも、気が済むわ」

と、私は、うつ伏せになって、枕の上に両手を重ね、顎をのせた。

胸が痛んだ。──三屋久美、そして佐野康代とユリ……。

ユリとの、ディズニーランドへ行く約束は、結局果されなかった。平井が自白したと報道された次の日、佐野康代はユリを連れてホテルを出て、そのまま姿を消してしまったのだ。

──どこへ行ったのか、気にはかかっていたが、私には二人の行方を捜す、手立ても時間もなかった……。

「──克枝の事件のことは、もうみんな口に出さないわ」

と、厚子が言った。「早く忘れたいと思ってるみたいよ」

「厚子、本当にあの人が犯人だと思う？」

厚子は、少し間を置いて、

「自白したんだから……」

「息子が自殺した、って聞いたらね。がっくり来るでしょ、誰でも。どうでもいい、って気持になるんじゃないかしら」

「じゃ、法子は別に犯人がいる、っていうの？」

「分らない。今さら、そんなこと考えたってね……。ただ、何だか引っかかるの」

しばらく、二人とも口をきかなかった。

私は何だか厚子に申し訳ないような気がした。――厚子は私から、もっと「面白い」話を期待していたはずだ。

「ねえ」

と、私は言った。「私の学校にさ、風間先生とそっくりの教師がいるの」

「本当？　何を教えてるの？」

厚子は飛びつくように言った。

私たちは、笑い声を立てないように気を付けながら、しゃべり続けたが、八時過ぎに、厚子のお母さんが起こしに来た時は、二人ともぐっすり眠り込んでいたのだった……。

15　空白の一行

厚子の叔母さんには申し訳ない話だが、お葬式の間、私は、学校の友だちに外へ引張り出されて、夢中でお互い、しゃべりまくっていた。

もちろん、話の種はこっち持ちだ。こんなことなら、黒木ルイ子からでも、もっと話の種を仕入れておくんだった、と後悔したくらいだ。

母親がスターと結婚したからといって、別に私までが芸能界入りしたわけじゃないのだから、週刊誌風のネタを期待されても困ってしまうのだけれど、まあ、逆の立場になったら、やっぱり私も同じように、何か面白い話を聞きたがっただろう。

「――やあ、指田」

と、公民館を出てやって来たのは、風間先生だった。

「あら先生」

「元気にやってるか」

「ええ」

厚子が、

「先生、もう法子は『指田』じゃないんですよ！」

と、言った。

「そうか！　上原法子だったな。いや、すまん」

と、風間先生は頭をかいた。「しかし、あの人も、有名人にしちゃ義理堅い人だな」

「父のことですか」

と言うと、回りの友だちが、

「わあ、『父』だって！」

と一斉に騒いだ。

「――静かに」

と、声がして、やって来たのは、風間先生の奥さんだった。「お葬式なのよ」

「すみません」

と、私が言うと、

「新しい学校はどう？」

と、優しく声をかけてくれる。

「はい。楽しいけど、女の子ばかりなんで、いやに静かで」

「そう。いつでも遊びにいらっしゃいね。――あなた」

「うん」

と、風間先生は肯いて、「じゃ、学校で用事があるから、先に帰る。――みんな、時間通りに戻れよ」

このお葬式のために、学校が午前中、休校にしたのだ。こういう小さな町ならではのことだろう。

みんなを引き止めておくわけにもいかないし、私は、友だちに別れを言って、公民館の中へ戻ろうとした。

厚子が、私をつついて、

「ほら」

と、指さした。

少し離れた所に立っていたのは、三屋久美だった。

「先に行ってて」

私は、厚子へそう低い声で言うと、久美の方へと歩いて行った。

人目を避けるように立っている久美は、私が近付いて行くと、目を伏せたまま、頭を下げた。

「会えて良かった」

と、私は言った。「気にはしてたんだけど……。手紙も出さなくて。ごめんなさいね」

「いいえ」

久美は、まだ大分青白い顔に、何とか微笑を浮かべた。「ご迷惑かけて、すみませんでした」

「そんなことといいの。——お宅の方、落ちついた?」

久美は肩をすくめて、

「両親は、何も言いません。私が……。ご存知でしょ」

「平井君の子を——」

「ええ。それと分った時は、母なんて半狂乱で……。体裁がなきゃ、私なんか殺されてたかも」

「まさか」

「もう、母とは口もききません」

と、久美は言った。「早く家を出て、この町を出て行きたい」

「でも、あなた、まだ一年生よ」

「構いません。こんな町、一日だっていたくないんですもの」

静かだが、強い口調だった。「体の調子が戻り次第、どこか大きな町へ出て、働きたいと思ってます。一人で生きて行けるように」

容易なことじゃない、とは思ったが、今の私に、久美をいさめることなどできない。黙って肯くしかなかった。

「克枝さんを殺したの、本当に平井さんだと思う？」

いつの間にか、私はそう訊いていた。

久美は、黙って首を振った。彼女にそんなことが分るわけもない。

「一度、平井さんから、手紙をもらいました」

と、久美が言った。「たまたま母のいない時に届いて……。母が見てたら、破られてたでしょう」

「何てあったの？」

「私のことを心配して下さってました。それから、息子さんの死がショックで、やけになって、言われた通りに罪を認めた、と。──でも、やっていない、と書いてありました」

「そう……。他には何も？」

「短い手紙ですし。──裁判が始まったら、またいやなことを思い出しそうだから、そのころには、この町を離れていたい」

久美は、ふと顔をこわばらせて、「母だわ。じゃ、これで」

早口にそう言うと、久美は急いで離れて行った。

「——急に年齢《とし》を取ったみたいだね」

突然、すぐそばで声がして、私はびっくりした。前にもこんなことがあったのだ……。

「丸山さん」

と、私は言った。「いらしてたんですか」

丸山刑事はいやにすっきりして見えた。

やせたのか、と思ったが、体型の方はどう見ても同じ。涼しくなったので、夏のように汗をかいていない。それが、すっきりしたイメージを与えているのかもしれない。

「涼しくなったしね」

と、やっぱり丸山刑事は言った。「ちょうど、一つ事件が片付いたところで、時間ができたんだ」

公民館には、次々に町の人たちがやって来ている。たぶん、町の住人で、ここへ来ない人は一人もいないだろう。

「大したもんだね」

と、丸山はその様子を見ながら、言った。

「みんなに好かれてたもの」

と、私は言った。「あの旅館、どうなるんだろう」

丸山は、首を振って、言った。

「ずいぶん違うもんだ」

「違う？　何が？」

「平井正啓の葬式とさ。——僕は出たが、町の人は、ほとんど誰も来なかった」

「平井君の……」

私は、息をついて、「でも、父親は——」

「もちろん、父親はいたよ。監視つきだがね」

もちろん、三屋久美も出られなかったに違いない。正啓はここの学校へ通っていたわけでもないのだし、寂しいお葬式だったのは、想像できる。

「しかしね」

と、丸山刑事が言った。「平井正啓の葬式に出た人が、一人だけいる」

「誰ですか？」

と、私は訊いた。

「——岡田典子さんだよ」

と、丸山は言った。「きっと、平井もここへ来たいだろうな」

厚子の叔母さんが……。思いもかけない話だった。

「でも——何となく、あの叔母さんらしい気もします」

と、私は言った。「嬉しいわ、そう聞くと」

「うん。しかし、僕はもう少し興味があってね、調べてみた」

「調べるって？」

「なぜ、岡田典子が平井正啓の葬儀に行ったのか、さ」

「そりゃ、一応同じ町の人間だから……」

「それだけじゃない」

と、丸山は言った。「もう十五年も前のことだから、君や友だちは知らないだろうが、岡田典子と平井啓一は、同棲していたことがあるんだ」

私は耳を疑った。――想像もつかないことだ。

「びっくりした？」

「ええ……。そんな話、聞いたこともないんですもの」

「彼女はもうこの旅館を始めていて、かなりの金もためこんでいた。平井が成功したのは、岡田典子が大分金を出したから、というのが本当のところらしい」

「それが、どうして……」

「お決りのことさ。平井にはその時別居中の妻がいて、正啓も産まれていた。――仕事で年中東京へ出る内に、平井は女を作った。岡田典子はプライドの高い女性だからね、平井を許さなかった」

「平井は、しかし、岡田典子に見せつけるように、この町の外れに家を建てた。——そのころは年中違う女を、その家に連れて来ては、町の中を一緒に歩いていたらしい」

「当然だわ」

「それで町の人は……」

「当然、岡田典子に同情するからね、平井は町の人たちに嫌われて行ったわけだ」

丸山は、ちょっと周囲を見回してから、続けた。「平井が、森下克枝殺しで捕まっても、誰一人同情しなかった。むしろ、平井が克枝と会っていた、なんて証言が、見たはずもない人間から出て来るぐらいだ」

「平井さんは、やってないんでしょう」

丸山は首を振って、

「何とも言えないよ。しかし、自白以外に、ほとんど証拠らしいものはない」

「それで起訴？」

「一件落着さ。僕も、今からあの事件をほじくり返すわけにはいかない」

「でも、無実の人を——」

「気にはしてるよ。しかし、ここまで来ると引っくり返すのは難しい。よほどはっきりしたアリバイでも出ない限りね」

私は、ため息をついた。――町の人たちの気持も分らないではない。しかし、それと殺人犯とは別の問題だ。

「――法子」

と、厚子がやって来て、丸山に会釈しながら、「お母さんが……」

「分ったわ」

私は、丸山へ、「何か……」

と言いかけて、ためらった。

私も母も、もうこの町の人間ではない。

「君に知らせてあげられるようなことでも分るといいんだがね」

と、丸山は言った。「たとえば――本当の犯人とか」

ドキッとした。――そう。平井啓一に、克枝殺しの罪をかぶせることは、同時に、本当の殺人犯を見逃すことなのだ。

そんな当り前のことに、私はやっと気付いたのだった……。

「じゃ、何かあったら、いつでも電話してね」

と、母は言った。

「うん、大丈夫よ」

私は、旅館の玄関を出て、上原洋介が、車を正面に回して来るのを待っていた。母は、雑貨屋のことをどうするか、話し合う必要があって、二、三日ここに残ることになったのだ。

厚子は、火葬場へついて行っている。

私と母は、旅館の表に立っていた。

「——聞いたわ」

と、私は言った。

「何を?」

「岡田のおばさんと、平井さんとのこと」

母が、表情をこわばらせた。

「誰がそんな——」

「刑事よ。丸山さん」

「余計なことを!」

と、母は私から目をそらした。

「町の人が平井さんを嫌うのは分るけど、でも、人を殺したかどうかは、別じゃない?」

「そんなことないわ。あの人なら、やりかねない」

「やりかねないのと、やったのじゃ、全然違うじゃない！　——間違ってるわ。本当の犯人は知らん顔して、この町で暮してるのに」

「もう、やめなさい！」

母が、凄い剣幕で怒った。私は怖いよりも当惑してしまった。

これ以上何か言ったら、母に殴られる、と思った。しかし、言葉の方が自然に飛び出して来そうで、それを抑えることはできなかった。

そうならずに済んだのは、車のクラクションが鳴ったからだ。上原洋介の車が、道に出た所で停っていた。

「もう、いいのかい、仕度は？」

と、窓を下ろして、声をかけて来る。

母は、ゆっくりと息をついて、

「行きなさい。——お父さんに、変なことを言わないのよ」

と目をそらしたまま、車の方へと歩いて行く。

私は車のトランクに自分のボストンバッグを放り込んで、助手席に乗った。

「よし！　じゃ出発しよう」

上原洋介が、母にちょっとキスして、乗り込んで来る。外国ではよく見る光景だが、日本人で、あんなことをして、見ている方が気恥ずかしくならないで済むのは、やはり彼がスターだからだろうか……。

「電話するよ」

と、母に声をかけて手を振る。

「私もかけるわ」

母が、ちょっと手を上げる。——母の目はひたすら夫だけを見ているように思ったのは、私のひがみというものだろうか。

車が走り出し、私は、少し目を閉じた。しかし、一向に眠気がやって来る気配はない。

「——お母さんと何かあったのか」

と、上原洋介が言った。

「どうして？」

と答えれば、あった、と言っているのと同じだ。

「お母さんも今は色々無理をしている。新しい生活に慣れようとしてね。疲れてるんだよ」

「私はただ……」

と、少しためらってから、「別に、どうってことないの」

と言った。

「それならいいが」

「少し眠るわ」

「後ろで横になるかい？」

「いいえ。ここでいい」

「じゃ、少しリクライニングを倒すといい。あんまり倒すと却って寝にくいがね」

「うん」

私は、少し座席の背を倒して、目を閉じた。

――眠くはないのに、目をつぶっているのも、辛《つら》いものだ。

「強いのね」

と、私は言った。

「何が？」

「ほとんど徹夜でしょ、ゆうべから」

上原洋介は笑って、

「役者は、二、三日の徹夜で倒れるようじゃ、やって行けないよ」

「そう」

「前だって、一週間、連日二、三時間の睡眠で頑張って、やっと終ったと思ったら、その晩、電話で起こされて、夜中に仕事だ。参ったよ」

「へえ、そんなこと、あるんだ」

「めったにないがね。——もう封切りぎりぎりの映画で、編集の時に、とんでもないミスが見付かったんだ。その夜の内に撮り直さないと、どうにもならなくて、狩り出されたのさ」

「丈夫でないと持たないね」

「それが第一条件だな、役者の」

車は、危なげないスピードで走り続けている。私は無理に目を閉じていたのだが、しばらくすると、本当に眠ってしまいそうになって来た。

もちろん、ゆうべも車の中で寝て、厚子と一緒にも眠っているのだが、それと合せても、寝不足には違いないのだから。

眠っているような、起きているような……。

奇妙な状態の中で、私は今の上原洋介の話に、「大変だなあ」と、考えたりしていた。

夜中にも突然仕事が入ったり……。

夜中の仕事で……。突然に。

ゆうべみたいに。

誰かがそう言った。——いつだったろう？

どんな時に聞いたんだっけ。

「ゆうべみたいに、突然夜中に仕事が……」

そう。上原洋介の言葉だったんだ。

それを――いつ聞いたんだっけ？

妙に、胸苦しい気分になっている。その言葉を聞いた時、何かとんでもないことがあって――。

そう！　そうだ。

克枝が殺されたということを、厚子の電話で聞いた時だ。初めて、私が母と上原洋介と三人で食事をしていた、ホテルのレストラン。

私あてに電話がかかり……。呆然として席に戻った時、言っていたのだ、上原洋介が、

「ゆうべみたいに、突然夜中に仕事が入ることもあるし……」

めったにないことと言っても、いつあるか分らないのは辛いもんだ。

でも――どうしてこんなことを思い出したのだろう？

ゆうべみたいに、突然夜中に――。

ゆうべみたいに……。

克枝は、厚子からの電話の、前の夜に殺された。つまり、あの時からみれば、ゆう

べだ。

私は、車の窓の方へ顔を向けてから、目を開いた。

そんなはずはない。――〈赤鉛筆〉さんの話で、上原洋介と克枝が会っていた、と聞いた時、一瞬ドキッとした私は、でも、そんなはずはない、と思ったのだ。だって、克枝が殺されたのは、上原洋介が東京へ戻った後だったから。

だが、その夜、上原洋介は「急な仕事」で、出かけていた。――急な仕事で……。

もし、それが……。

上原洋介は、夜、あの町まで車で行く道をよく知っていた。夜中に走ったことがあるのではないか。

もしあの夜に、町まで車で飛ばしたのだとしたら……。

私は、すっかり眠気が覚めてしまった。

東京へ着くまでの何時間かが、途方もなく長く感じられた……。

「――お帰りなさい」

マンションの入口で、黒木ルイ子が出迎えてくれた。「お疲れさま」

「このまま出かけられないよ」

と、上原洋介は言った。

「分ってるわよ。でも、一時間したら出ないと。車が混んでるから、それでもぎりぎりだと思う」

「分った。──ともかく上れよ」

私たちは三人でマンションの部屋へと上った。

着替えをして、居間を覗くと、上原洋介と黒木ルイ子が、ノートを広げて、話し合っていた。

「これはここへ持って来た方がいいわね」

と、黒木ルイ子がボールペンで印をつける。

「前の日は？ 午後が空いてる」

「無理よ、この日は絶対に延びる」

「そうか。あのメンバーじゃな。分った。無理に押し込むか」

「それしかないわよ」

「ちょっと着替えて来る。──法子。晩ご飯は？」

「まだ早いわ。それに、この近く、いくらでも食べる所あるし。大丈夫よ」

「そうか。僕も早く帰るようにするけど、たぶん一時か二時だ」

「適当に寝てるから」

私は、ソファに腰をおろして、黒木ルイ子がノートに書き込みしているのを眺めていた。

「それ、お父さんのスケジュール？」

と、私は訊いた。

「そうよ。凄いでしょ。アイドルスターなんかになると、この倍ぐらい詰っててんのよ」

「へえ。――人間業《わざ》じゃないね」

「本当。よくもつよ。でもね、マネージャーはその倍は大変なんだから」

と言って、黒木ルイ子は笑った。

「ちょっと見せてくれる？」

「いいわよ」

私は、感心して眺めているふり、、、をしながら、ページをめくって行った。――もちろん、あの日の、「夜中の仕事」というのが、本当に入っていたのかどうか、調べたかったのだ。

あれは――確か――。

「――待たせたね」

上原洋介が出て来た。「早く向うへ着きたいんだ。髪を少し直さなきゃいけない。出ようか」

「じゃ、法子ちゃん、またね」

黒木ルイ子が、ノートを閉じて、

「ええ」

「ご苦労様」

私は玄関まで出て行った。

「お母さんから電話があったら、明日の午前中はここにいる、と言っといてくれ」

「分ったわ」

「じゃ、行ってくる」

「行ってらっしゃい」

私は、そう言って、「お父さん」

とまで、付け加えたのだった。

なぜだろう？　あのノートの、「空白の欄」を見ていたから、なおさら、上原洋介に優しい顔を見せたかったのかもしれない。

あの日——夜には何も仕事は入っていなかったのだ。

私は、鍵をかけ、チェーンをかけた。

二人の足音が遠ざかって行くと、大きく息をついた。——もちろん、それだけで上原洋介が克枝を殺したなどと決められるわけではない。

しかし、ともかく上原洋介は「嘘をついた」のだ。母はそれが嘘だったことを、知っているのだろうか？
部屋の中へ戻りかけて、ふと振り向いた。ドアの新聞受けに、何か白い物が見える。
新聞か広告か。私は蓋《ふた》を開けた。白い封筒がパタッと落ちた。
滑らかな達筆の文字。——宛名は上原洋介になっていて、〈速達〉の印。
速達なので、下のポストでなく、このドアまで持って来て入れてくれたのだろう。
裏を見て、私は目を疑った。
そこには、〈岡田屋　岡田典子〉とあったのだ。
今日、お葬式を済ませて来た当人の手紙。それもなぜ、上原洋介にあてて？
私は、不安で胸苦しいほどだった。
居間に戻って、震える手で封を切ると、中の手紙を取り出し、読み始めた……。

16　喉《のど》の刃

町へ入ると、もう夜になっていた。

「明日はもう東京へ？」

と、お巡りさんが、キイキイときしむ自転車をのろのろとこぎながら言った。

「ええ」

と、上原洋介が答える。「やっと雑貨屋の方も片付いたので」

「そうですか。ま、いつでもまた遊びに来て下さい」

「ええ」

「じゃ、私はこれで」

お巡りさんの自転車が遠ざかって行くと、

「いい人たちだな、みんな」

と、上原洋介は言った。

「人間なんて、どこでも同じよ」

と、私は言った。「男と女がいて、愛し合ったり憎み合ったりするんだわ。どこでも」

「それはそうだ」

と、上原洋介はちょっと笑って、「凄いことを言い出したね」

「もう子供じゃないのよ」

私は店の方へと歩き出した。

「先に戻っていてくれないか」

「え？」

「ちょっと寄る所があるんだ。すぐに帰るから、お母さんにそう言ってくれ」

「ええ、分ったわ」

どこへ行くんだろう？

気にはなったが、東京のような雑踏もないこの町では、こっそり後をつけるなんて、不可能だ。

私は、また歩き出した。ポケットの中のナイフは、この寒い空気の中で、汗に濡れていた。

店の入口が、少し開いたままになっている。母にしては珍しいことだった。

中へ入ると、空っぽの土間――。

あの小さな店が、こんなに広かったのかしら。奥の部屋に明りが点いている。

岡田典子が亡くなって、この店の扱いも宙に浮いてしまった。母は何度かこの町へやって来て、誰か店を任せられる人を当り、こうして、やっと安心して店を閉めることになったのだ。

この家そのものは元々借家だが、後はどうなるのか、そこまでは知らない。

——疲れていた。

母の幸せそうな顔を見るのが、無性にいやになった。私の悩み、苦しみに、露《つゆ》ほども気付かずにいる母に、腹が立った。

母に責任はないと思いつつ、私はあまりにも大きな苛立ちを、はみ出させずにはいられなかったのである……。

私は、またそのまま店から表に出た。

歩き出すと、自然に足は学校へと向く。もちろん、学校に行っても、何の答えも見付けられないはずなのだが、そこには、こんな出来事に巻き込まれる前の「自分」がいるのだ。

それが私には懐しかったのである。

——どうしたらいいのだろう? 何もかも忘れて、東京で面白く、退屈なくらい刺激的に暮して行くのか。

その毎日の中で、やがて何もかも忘れて行くかもしれない。

でも――私には分っていた。あの、岡田典子の手紙を、たとえ焼き捨てても、頭の中から消すことはできないのだから。

一字一句、文字づかいまではっきりと私の中に焼きつけられてしまった手紙を……。

――学校が見えて来た。

明りの点いた窓がある。誰かが残っているのだろう。

吹き下ろして来る風が、頬を凍らせた。


〈――目の回るような忙しさに悲鳴を上げながらも、これほど自分の生涯で楽しい日々は二度と来ないだろう、と思いつつ、ロケの終った夜、眠れぬままに旅館の外を歩いていた私は、人の話し声に足を止めました。

そして、聞いてしまったのです。森下克枝さんとあなたのお話を。

もう、話は終るところで、どんな内容であったのかは耳に入りませんでした。でも私は、克枝さんが、こう言うのを、はっきりと耳にしていました。〈三日後に、また会ってくれるのね、約束よ〉と。

三日後に、と聞いて私は戸惑いました。もうあなたは次の日に帰られることになっていたのですから。何の話だろう、と首をかしげながら、私は急いで旅館の中へと戻ったのでした。

その三日後——克枝さんが言ったその夜、克枝さんは命を絶たれました。私は迷いました。あの時耳にしたことを、話すべきかどうか。

ところが、決心のつかない内に、今度はあなたと指田さんの結婚という話。私は、このまま口をつぐんでいようか、と思いました。克枝さんは色々と、感心できないところのある子でしたし、必ずしもあなたがやったと言えるわけでもないし、と自分へ言い聞かせて。

けれども、犯人が逮捕された時、私は気が遠くなりそうになったのです。平井が犯人だなんて!

平井のことを、私は良く知っています。気の小さな人で、女にだらしのないところはあります。しかし、女の子の首をしめて殺すなどということのできる人ではないのです。

きっとその内に疑いも晴れるだろう、と祈る思いで待っていたのに、息子の自殺に気落ちした平井は、やってもいない殺人の罪を自白してしまいました。

息子の葬儀に出た私は、やつれ切った平井の姿に、胸を抉《えぐ》られる思いがいたしました。誰かが救わなければ、死刑になる前に、この人は死んでしまう!

私は、悩んだ末に筆を執《と》りました。あなたと、指田朱子さんの幸せに石を投げ込むのは本意ではありません。でも、このままでは、平井が、やってもいない人殺しの罪を負って死んでしまう……。

お願いです。名乗り出なくとも、匿名《とくめい》の手紙一本でも結構です。真犯人は平井でない、別に犯人がいるということを、警察へ訴えてやって下さい。

もう一度調べれば、きっと何かが。

私は、このところ心臓の具合が良くありません。身近な者にも言ってありませんが、どうにも苦しくてたまらない時もあります。

入院してそれきり、という事態にでもなれば、もう何もしてやれません。思い切ってこの手紙をしたためる胸中をお察し下さい……〉

──明るい窓の中に、思いもよらない人の姿を見付けて、私は思わず声を上げそうになった。

辛《かろ》うじて声を出さずに抑えると、私は暗がりの中へと回りながら、窓の方へ近付いて行った。

そこは──保健室だった。克枝が殺されてから、しばらくは閉鎖されていたはずだ。

でも──なぜ、上原洋介が学校に来たのだろう？

窓の下へそっと歩み寄って、中を覗いてみると、上原洋介は一人で保健室の中をゆっくり歩き回っていた。

腕時計に目をやる。――誰かを待っているのか？

明りの中に見えた上原洋介の顔を見て、私はドキッとした。見たこともない上原洋介が、そこにいた。

恐ろしいほど緊張し、青ざめ、眉が深くしわを刻むほど寄せられている。いつもの、あの優しい目は、凍りつくような冷たさをたたえていた。

私は、じりじりと暗がりの中へ後ずさりした。――気付かれるのではないかと怖かったのだ。

怖い？――父親のことを怖がるのか。

父親であっても、殺人者なのだ。克枝をこの場所で殺したのだ。

おそらく、克枝を、「スターにしてやる」と言って抱いてやって、つきまとわれていたのだ。ロケ隊がいる間では、疑われる。

だから一旦全員が引き上げるのを待っていた。まさか誰だって、わざわざ東京からここまで人を殺しに来るとは思うまい。

しかし、なぜ今、ここに来ているのだろう？

私は、決心して、校舎の入口へと回ることにした。――誰と会うつもりなのか分らないが、ともかく見届けないではいられない。

校舎の入口は、開いていた。誰かが――おそらく上原洋介が入ったのだろう。

私は、中へ入って……。

もう少し外で待っているべきだったのかもしれない。足音が、廊下を進んで行く。

別の入口から誰かが入って、保健室へ向っている！

私は、靴を脱いだ。

こういう古い校舎では、足音をたてずに歩くのは容易なことではない。私は、廊下へ上ると、比較的、しっかりした床を踏みながら、一歩ずつ進んで行った。

それでも、板がキーッときしみ、ドキッとする。

この寒さの中で、汗がふき出して来た。

誰かの声が、保健室の中から聞こえて来た。――男同士、らしいが、聞き取れない。

気持は焦ったが、急げば、気付かれるだろう。

私は、床に四つん這いになって、一方の壁にぴったりと沿いながら、進んで行った。

「馬鹿を言わんでくれ！」

突然、はっきりした言葉が飛び出して来て、私はギョッとした。進みかけたまま、身動きせずに、息を殺している。

今の声は？　上原洋介じゃない。誰だろう？

「あの子はこの町を出て行きたがっていましたよ」

上原洋介の声だ。さすがによく通る声なので、はっきりと聞こえて来る。

「確かに、あの子は嘘もついたし、いわゆる真面目な子でもなかったでしょう。しかし、私に嘘をついたとは思えません。何とかしてロケ隊と一緒に町を出たい、と言っていたんですから」

「だからといって——」

「彼女は怖がっていました。このままじゃ、どうなるか分らない、と」

上原洋介は、少し間を置いて、「私も、あの子の言うことを、百パーセント信用していたわけではないんです。もちろん、まさか殺されるとは……」

「あんたは私がやったと言うのか」

「少なくとも、あの子があなたと関係を持っていて、逃げようとすると、おどされていたというのは事実でしょう」

「そんなことはない！」

「私は、あの子の様子に、よくあるスター志願の子がでっち上げる作り話以上のものを感じて、ロケ隊と一緒には無理だ、と言ってやりました。——もちろん上京させるには親の許可もいる。未成年の女の子ですから。私は、ご両親に話をしてあげよう、と約束して、三日後にこの町へ来た。他にはどうしても時間が取れなかったからです。といって、大っぴらに話をするのは、あの子自身がいやがっていた。あなたの耳に入ると怖い、と言って。夏休みだし、あなたに気付かれない内に、話を決めてしまいたかったんでしょう……」

――信じられなかった。

今ではもう、相手の声も聞き分けられた。風間先生！

風間先生が、克枝と？　どうしてそんなことが――。

私は、三屋久美の言葉を思い出していた。克枝が、「しつこい男」のことをグチっていた、ということ。

もし相手が上原洋介だったら、「しつこい」とは言わないだろう。それほど長い付合いではないはずだからだ。

もしそれが風間先生のことだとしたら……。

「しかし、あの子は約束の場所にやって来なかったんです」

と、上原洋介は続けた。「私も気にはなったが、しかしまさかあんなことになっているとは思いもしなかった」

風間先生は沈黙していた。

「――私は、警察が、犯人を見付けてくれるだろうと思っていました。あなたのことを話して、もし万一、何の関係もなかったとしたら、あなたの一生をだめにすることになりかねないから。しかし……捕まった人間は、犯人ではなかった」

少し間があって、「私も悩みましたよ。もちろん、あなたが犯人だという確信はない。しかし、このことを警察へ話せば、当然事件は一から洗い直されるはずです」

その時、私は、初めて誰かが自分のすぐ後ろに立っているのに気が付いた。

体を起こそうとした時、

「静かに」

低く抑えた声がして、私の喉に、冷たい感触があった。「——切るわよ、声を出すと」

ナイフの刃が、私の喉に当てられていたのだ。

全身から血の気が引いた。——こんなことが、と思う気持と、恐怖が同時に体を走り抜けた。

「入るのよ、部屋に」

と、その声は囁いた。「逃げようとしたら、喉を切り裂くわよ」

私は、後ろからしっかりと抱きかかえられ、できの悪い人形みたいに、小刻みに歩いて行った。

保健室の戸口へ私が姿を現わすと、話が途切れた。

「——法子」

上原洋介が、目を見開いた。

風間先生が、愕然として、

「お前……」

と、呟くように言った。

私にも分っていた。喉にナイフの刃を押し当てているのが、風間先生の奥さんだということが……。

「布江《のぶえ》……。やめるんだ」

「馬鹿言わないで」

と、風間布江が言った。「やっと私たちの時間が戻ったっていうのに！　邪魔されてたまるもんですか！」

「布江――」

風間先生は、力なくよろけると、古い椅子に、ガックリと腰を落とした。「俺は……もうだめだ」

「しっかりして！　何とかするのよ！　切り抜けるの！」

上原洋介は、青ざめた顔で、しっかりと両足を踏んばって立った。

「娘を放しなさい」

「動くとこの子の命はないわよ。――本気よ！」

「分った。分ったから、落ちついてくれ」

と、上原洋介は両手を振った。「どうすればいい？　黙っていると約束すればいいのか？」

「そんなものが何になるの？」

「じゃ、どうする。——ともかくその子を放してくれ。殺すのなら私を殺せ」

「あなた！　しっかりして！」

と、布江の声はヒステリックに、夫を突き刺した。

「しかし——もうこれ以上は無理だ」

風間先生は、頭をかかえて、泣き出した。

——キュッ、と床が鳴った。

「もう無理ですよ」

その声は、すぐに分った。丸山刑事だ。「森下克枝と平井正啓を殺したのは何とかごまかせても、ここでその二人を殺して、誰に罪をなすりつけるつもりですか」

平井正啓も……。自殺ではなかったのか。

「——奥さん」

丸山は、いつもの通りののんびりした調子で言った。「そのナイフを捨てることです。これ以上罪を重ねると、誰も同情してはくれませんよ」

保健室の窓の外に、赤い灯が浮んだ。足音がして、警官が走って来るのが見える。

私を後ろから抱きしめていた腕の力が、急に緩んだと思うと、ナイフが私の足の間に落ちて、突き立った。

私は、体が震え出して、止らなかった。

「法子」

上原洋介が、駆け寄って来る。

――風間布江が、泣いている夫のそばへ歩いて行って、その頭に、そっと手を当てた。

布江の顔には、不思議な優しさがあった。

こんな時なのに、私は彼女のことを、これほどきれいな人だと初めて知ったのだ……。

「――危い目に遭わせて、すまなかった」

と、丸山は私に言った。

あまりいい気分とは言えなかった。何しろ、保健室の、あのベッドに腰をかけていたのだから。

「しかし、君が来るとは思ってもいなかったんでね」

「いいんです」

と、私は言って、上原洋介の手を握りながら、「でも――克枝を殺したのは……」

「風間布江の方だよ」

「奥さんが？」

「そう。――夫が森下克枝に手を出していることを、彼女は知っていた。しかし幸いなことに、ロケ隊が来て、克枝はこの町を出たいと思い始めた。いや、もとからそう思っていたのが、現実的な足がかりをつかんだわけだ」

「じゃ、なぜ――」

「夫は彼女に、克枝とはもう別れた、と言っていた。夫婦の間も、あのロケの間は、元の状態に戻りつつあったんだ。そしてロケ隊が帰った。その夜――」

「私たち、ここへ来たわ」

と、私は言った。「克枝に呼ばれて」

「そう。そのベッドで誰かが愛し合っていたという話をしようとしてね」

「それはきっと――」

と、上原洋介は言った。「岩花妙子と、町の人だろう。先に帰ったと言って、実は隣の町にいたんだよ、彼女」

「そうでしょうな。いかにも、女の子の喜びそうなニュースだ。しかし――」

と、丸山刑事は首を振った。「その話を、布江がこの表で聞いていた」

「それがなぜ……」

「布江にとって大事だったのは、克枝が見たものじゃなかったんだ。そんな時間に、克枝がここを通った、ということの方だった」

私はゆっくりと肯いた。

厚子とからかったものだ。男の子の所からの帰りね、と。克枝は別に否定もしなかったが……。

「布江にはピンと来た。前の晩、布江は学校の用事で、この町を留守にしていたからだ。その間に、夫がすかさず克枝を家へ呼んでいたことを、知ったんだ」

「それで克枝を……」

丸山はゆっくりと首を振って、

「風間の方がつきまとったのか、克枝の方が誘ったのか……。その辺は微妙なところだね。しかし、布江はともかく、克枝がいる限り、夫を完全に取り戻せない、と思った。——そして、ここで立ち聞きした話を利用して手紙を作り、ここへ克枝をおびき出したんだ」

「僕と会うことになっていたのは知らなかったんでしょうね」

と、上原洋介は言った。「もっと早く、この町へ来てやっていれば良かった」

「——でも、なぜ平井君を殺したんですか」

「風間は、もちろん妻が克枝を殺したことも知っていた。もとはといえば自分に責任がある。悩んではいたはずだが、口をつぐんでいた。そこへ——犯人が捕まったという知らせだ」

丸山は苦々しげに、「警察の失態が、もう一つの殺人を起こしてしまった、というわけだよ」

「どういうことですか？」

「平井の逮捕で、風間夫婦は救われたわけだ。しかし、もちろんろくな証拠がなく、自白がなかったら、釈放されてしまうかもしれない。——その時、思い付いたのが、平井の息子のことだった」

「じゃ……自殺に見せかけて、父親が気落ちして自白するように？」

「それもある」

と、丸山が肯いた。「もう一つ、克枝が平井の息子と付合っていたことを、風間は克枝から聞いていたんだ。ということは、逆に風間のことも、平井正啓の耳に入っていたかもしれない」

「知らなかったんでしょう、本当は——」

「しかし、そう思い付くと、怖くなって来る。——決心したのは布江の方だろう。平井の息子を、うまく自殺に見せかけて殺せれば、口もふさげるし、父親を絶望させることもできる」

「図に当ったのね」

「風間は教師だ。当然、三屋久美と平井正啓のことも親から聞いていた。もし居場所が分ったらすぐに教えてくれ、と三屋久美の親に言っておく。連絡が入ると、すぐに風間が車であのホテルへ駆けつけて、平井正啓を殺した」

　私は、あの死体を見付けた時のことを思い出して、思わず目を閉じた。

「——しかし、それがあの二人にとっては命取りだったんだよ」

　と、丸山は言った。「あの自殺については、報道を控えていたが、いくつも妙な点が出て来たんだ。風間はプロの犯罪者じゃない。どうしてもボロを出す。——それで、逆に森下克枝殺しの方も見直さなくては、ということになったんだよ」

　私は肯いた。——風間先生、その奥さんにも、人間として同情はするが、息子を殺された平井啓一の気持、そして三屋久美のことを考えると、許すことはできない。

「——じゃ、再捜査をしていたんですね？」

「うん。しかしなかなか、これという手がかりが出なくてね。そこへ上原さんが、克枝と風間の話を持ち込んで来られたんだ」

　私は——その上原洋介、私の父を殺そうと思ったんだ！　子供のように純情な母を騙していた殺人者を、許せなかったから。それが——。

「多少の危険は承知の上で、ここで秘《ひそ》かに会ってもらうということにして……。飛び入りもあったが、それで布江も追い詰められてあそこまでやったんだからね。——しかし、危いことをするお嬢さんだ」

「よく注意しておきます」

と、上原洋介は、私の肩をしっかり抱いて、軽く揺すると、ちょっと笑った。

「——明日になったら、また大変だ」

と、丸山は言った。「町中大騒ぎになるだろう」

「ええ」

私は、ふと思い付いて、「平井さんはどうなるんですか?」

と、訊いた。

「もちろん釈放されるさ」

「でも——間違って逮捕されなかったら、息子さんだって死なずにすんだかも……。そうでしょう?」

「そうだ」

「それに……あのまま、有罪になって、刑務所に——いえ死刑になっていたかもしれないわ。みんなが黙っていたら」

丸山は、ハンカチを出して、暑くもないのに汗を拭った。

「平井さんに、そして久美さんに」

と、私は言った。「『良かったですね』なんて言う資格は、誰にもないわ」

なぜか、自分でもよく分らないのに、涙が溢《あふ》れて来て、頰を伝い落ちた。

「——帰ろう」

と、上原洋介が私を促す。「お母さんが心配してる」

私は黙って肯くと、保健室を出て、廊下を歩いて行った。

廊下は相変らず、キイキイと音を立てている。

校舎の外へ出ると、私は上原洋介を見て、言った。

「お父さん」

「何だ？」

「先に、三屋久美さんの所へ行って、このことを教えてあげたいの。そうしないと、気がすまない」

「分った」

「すぐに帰るから」

「そう言っておくよ」

私は、夜の道を駆け出した。冷たく乾いた風が、頰の涙を、たちまちかき消してしまうのを感じながら……。

エピローグ

「ただいま」

空っぽの土間から店の奥へ上ると、母が座っていた。

「法子……」

「どうしたの？　聞いたんでしょ、お父さんから」

「ええ。お父さん、今あの刑事さんと出かけたわ。すぐ戻るって」

「そう」

私は、ポケットの中のナイフを、そっと引出しに戻して、母の所へ戻った。

そして——母の手にしているものを見た。

あの手紙。岡田典子の手紙だった。

「お母さん……」

「あなた、これを読んで、一人で悩んでたのね。このところ、何だか様子がおかしいとは思ってたんだけど」

「そう？　別に……。悩んでなんかいないよ。だって、お父さんが人殺しなんてする
わけないし」

「そう。そうよ」

母は涙ぐんでいる。

「何よ、しめっぽくて。——お母さんに見せると、いらない心配するかと思って、隠
しといたのよ」

私も相当いい加減だな。でも、今さら、上原洋介を殺そうと思ったなんて、言えや
しないじゃないの！

「ねえ、お母さん」

「ん？」

「お腹空いたんだけど」

そう。考えてみりゃ、夕ご飯がまだだったんだ。

「仕度はすぐできるわ」

母は笑って立ち上った。

「早くしてね」

「何か用事なの？」

と、台所から訊いて来る。

「あと一時間もしたら、町中に話が広まるわ。そうなったら――」

「厚子さんが飛んで来るわね」

「そう！　話し出したら、ご飯なんて食べてられないからね」

「じゃ、急ぎましょ」

と、母は笑って言った。

「――お父さんに少し珍しい、外車か何かに乗ってもらいたいな」

「どうして？」

「だって――他の人と間違えるんだもん」

「ええ？」

私は肩をすくめて、

「スターはスターらしく、夢のある車にした方がいいと思うんだ」

と、別の説明をした。

母は、ガスの火を見ながら、

「――ねえ、法子」

「うん？」

「東京へ戻ったら……」

「毎日でも出かけていいよ。私もボーイフレンドを捜すから」

「そう出ないわよ。今が大事な時期だから」

私は、母の、照れた顔を眺めて、

「じゃ……おめでた？」

「まあね」

「やった！」

私は、ピョンと立ち上って、「じゃ、座ってて！　私がやるから」

「いいわよ」

と、母は苦笑いして、「却って危くってハラハラしたら、体に悪いわ」

「ひどいなあ」

私は、台所の柱にもたれて、「でも──今から下ができるって、何だか面白い」

「そう？」

「父親は違っても、きっと姉に似た、いい子になるよ」

と、私は言ってやった。

「父親も同じよ」

「え？」

「隠してて、ごめんね。あなたのお父さんは、上原洋介なの。昔は事情が許さなくて、結婚できなかったのよ」

私は、言葉もなく立ち尽くしていた。——上原洋介の名を聞いた時、母がびっくりしたわけだ！

「殺さなくて良かった……」

と、呟く。

「え？」

「何でもない！」

と、あわてて言った。「もちろん……お父さんも知ってるんだよね」

「ええ。でも、あなたに話したものかどうかって、迷っててね……」

「黙ってるなんてひどいじゃない！」

と、私がむくれていると、

「やあ、戻ってたのか」

上原洋介が、上って来た。「いや、町中が大騒ぎだよ」

「お帰り」

私は、真直ぐ歩いて行って、「お父さん」

と、言った。

母と目を見交わして、上原洋介にも分ったらしい。

「やっと父親らしいことをしてやれたな」

と言って、私の頭を撫《な》でる。

私は、力一杯、上原洋介に――父に、抱きついた。

そこへ、

「法子！　ね、ね、風間先生が――」

厚子が、風を巻き起こしそうな勢いで、飛び込んで来たのだ。

そして、私と上原洋介が抱き合っているのを見ると、どぎまぎして、

「あの……失礼しました」

と、頭を下げる。

「いいのよ」

と、私は言った。「今、ラブシーンの練習の相手になってたの。ねえ、お父さん？」

私は、父に向って、ちょっとウィンクして見せたのだった。

解説――赤川次郎・一九八八年・美学

村上貴史

■一九八八年・その一

本書『静かな町の夕暮に』が最初に刊行された一九八八年のことである。

この年、赤川次郎は二十一作もの新作を発表した。そのなかには、《三毛猫ホームズ》（二冊）や《三姉妹探偵団》、《幽霊》、《吸血鬼》など、既存のシリーズの新作が含まれるのみならず、《杉原爽香》及び《天使と悪魔》という新たなシリーズの第一弾となる二作品もある。さらに、『危険な相続人』なる上下巻の長篇も刊行している。

驚くべき執筆意欲といえよう。

とはいえ、一九七七年に『死者の学園祭』という出版第一作を刊行して以降、正確には新作点数が初めて年間二桁を記録した一九八〇年以来、この赤川次郎という作家は年間二桁の新作というペースを現在に至るまでほぼ継続しているのだ。そのせいで、本来驚愕に値すべき一九八八年の執筆量ですら、なんだか当然のごとく思えてしまう。受け手側の感覚の麻痺というのは、なんともおそるべきものだ（このあたり、シアトル・マリナーズのイチローが毎年三割を打ち、年間二〇〇安打を記録する——本稿執筆時点で八年連続——のを当然と思ってしまうのと似ている）。

さて、『静かな町の夕暮に』は、その一九八八年に十一作刊行されたノンシリーズ作品の一冊である。

■静かな町の夕暮に

ある山間の町に暮らす高校二年生の指田法子。学校の演劇部で部長を務める彼女は、予想もせぬ出来事に巻き込まれた。この町で映画が撮影されることが決まり、演劇部員がエキストラとして駆り出されることになったのだ。彼女たちを交えてロケは三週間行われ、そして、大スター・上原洋介をはじめとするロケ隊の一行は町を去っていった。

町に残されたのは、祭りの後に似た余韻ばかりではなかった。演劇部の一年生の女生徒が何者かに殺されるという事件が残されていたのである。また、法子自身にもとんでもないイベントが残されていた。上原洋介が、法子の母と結婚することになったのである……。

　赤川次郎の作品において、『死者の学園祭』『セーラー服と機関銃』をはじめとして、事件のなかで揺れる女子高生を瑞々しく描き出した作品は少なくない。著者の得意分野といえよう。本書でも主人公である法子の心がくっきりと描き出されている。

　本書で法子の心を揺すぶるのは、殺人事件だけではない。赤川次郎は手を替え品を替え、この高校二年の少女の心を揺すぶっているのである。まず、町で長期に行われるロケがそうだし、スターと母のロマンスもそうだ。東京暮らしのスタートも、法子にとっては大きな転機といえよう。また、殺人事件に関しても、被害者が同じ演劇部の下級生ということにとどまらず、身近なところに犯人がいるかもしれないという要素も盛り込んでいる。それらをテンポよく物語に投入し、バランスさせる手腕はさすがに抜群である。

　こうした法子の揺れる心が、町の変化を背景に描かれている点にも注目したい。「私が子供のころには、川から外側には家はなかったのだけれど」などという一文もあるし、また、事件を契機に町が変化していく様も語られている。実に巧妙な演出といえよう。

　巧妙といえば、プロローグから第一章「ビッグニュース」へと続く導入部もそうだ。インパクトを与えつつ、読者を物語の世界に一気に引き込んでしまう。柔道の達人の技のように、さして力を入れているとも思えないのに、相手（＝読者）を自在にコントロールしているのである。そのコントロールされている状態が心地よいという点が、柔道と赤川次郎の違いか。

こうした演出のなかで法子の心が鮮やかに描き出されている本書だが、魅力はもちろんそれだけではない。ハードな仕事を愉しくこなす上原のマネージャー・黒木ルイ子や、ほんわかとしつつもプロとして働く県警の刑事・丸山といった脇役陣も存在感たっぷりに読者を惹きつける。なかでも、東京のホテルで知り合った七歳のユリの造形が素晴らしいので、ご注目を。

■一九八八年・その二

さて、この『静かな町の夕暮に』本書は、一九八八年、〝講談社推理特別書下ろし〟というハードカバー叢書の一冊として刊行された。

一九八六年に高橋克彦『北斎殺人事件』（第四〇回日本推理作家協会賞）他三作品を第一回配本としてはじまったこの叢書は、第六回配本である連城三紀彦『黄昏のベルリン』および本書で第一期を完結させた後、第二期、第三期と継続した叢書である。この叢書からは、『北斎殺人事件』に加え、船戸与一『伝説なき地』（第四二回日本推理作家協会賞)、岡嶋二人『そして扉が閉ざされた』、東野圭吾『眠りの森』『変身』、志水辰夫『オンリィ・イエスタデイ』『帰りなん、いざ』、島田荘司『異邦の騎士』『暗闇坂の人喰いの木』といった日本ミステリにとって重要な作品が数多く刊行されている。

それればかりではない。この叢書の成功を横目に見たのか、一九八八年には東京創元社と新潮社が書き下ろしミステリのハードカバー叢書を開始。そちらからも良書が次々と刊行された。例えば、折原一『倒錯の死角』で始まった東京創元社の《鮎川哲也と十三の謎》からは、有栖川有栖『月光ゲーム』、宮部みゆき『パーフェクト・ブルー』、山口雅也『生ける屍の死』といった現代日本ミステリにとって重要な面々の単行本第一作が刊行されたし、また、逢坂剛『さまよえる脳髄』や佐々木譲『ベルリン飛行指令』他二作で始まった新潮社の『新潮ミステリー倶楽部』からは、佐々木譲『エトロフ発緊急電』(第三回山本周五郎賞、第四三回日本推理作家協会賞及び第八回日本冒険小説協会大賞)、高村薫『リヴィエラを撃て』(第四六回日本推理作家協会賞及び第十一回日本冒険小説協会大賞)、藤田宜永『鋼鉄の騎士』(第四八回日本推理作家協会賞及び第十三回日本冒険小説協会大賞)、真保裕一『ホワイトアウト』(第十七回吉川英治文学新人賞)、天童荒太『家族狩り』(第九回山本周五郎賞)などが刊行された。

こうしたハードカバー叢書の隆盛は、バブル期ならではの出来事といえなくもないが、作品そのものはバブルではなく、現代までしっかりと生き残っている。

そうした叢書の第一期のトリを飾ったのが本書なのである。本書に先立って刊行された叢書の他の作品――二つの日本推理作家協会賞受賞作をはじめとして――に負けぬよう、赤川次郎が力を込めて執筆したであろうことは想像に難くない。その結果は、といえば、一読すればおわかりの通り、全くの赤川次郎の世界でありつつ、盛りだくさんの要素で読者を愉しませてくれる力作に仕上がったのである。

■創作

本書では、映画のロケの余波というかたちで事件が描かれている。

赤川次郎の小説は、一九八一年に薬師丸ひろ子主演で制作された『セーラー服と機関銃』をはじめとして、いくつも映画化された（TVドラマ化も含めれば、赤川次郎作品の映像化は非常に数多い）。そんな赤川次郎だけに、映画制作の現場の〝呼吸〟が本書にもしっかりと反映されている。そうした点も愉しんでいただきたい。

その愉しみを補強するためにも、二〇〇七年に刊行された『子子家庭は波乱万丈ドイツ、オーストリア旅物語』から、数々の映画の原作者であるのみならず、無類の映画ファンでもある赤川次郎の映画及び創作に関する考えを紹介しておくとしよう。この作品は、小説とエッセイが対になり、互いに関連を持っているという凝った造りの一冊なのだが、その後半部分のエッセイに印象深い記述が数多くある。

例えば、映画化された自分の作品に関する記述がある。『セーラー服と機関銃』の原作に関してとんちんかんな発言を受けたり、あるいは、『死者の学園祭』の原作者／原作に関するセイン・カミュと深田恭子の対応に相違があったことを回想したりといった内容で、苦言をユーモアに巧みにくるんで表現している。そうしたエピソードの紹介に加え、この本では、「映画的記憶」なるものについても語っている。木下恵介の『永遠の人』のワンシーンを引き合いにだして、カメラの位置の意味などを語ったうえで、作り手の「映画的記憶」の不足を憂うのだ。「小説を読まずに小説を書くことはできない。同様に、すぐれた映画を見ないで映画を撮ることはできない」と。

また、今の映画があまりに「汚ないもの」を描きすぎることを述べ、「それが現実だ」としても、映画とは「表現」であり「美学」であると述べている。映画について述べた一文ではあるが、赤川次郎の小説観を理解するうえで重要な一文といえよう。さらに、新人賞の選考委員を務めるなかで、殺人場面の描写の残酷なものが目立って多くなってきたこと、赤川次郎にとってはそれが「エンタテインメントの限界」を超えていると思われるにもかかわらず受賞作となり、その残酷描写が残されたままに刊行されたことがあり、それを契機に選考委員を辞める決意をしたことも書かれている。こちらもまた赤川作品を理解するうえで有用なエピソードといえよう。

そう、赤川次郎の作品の〝軽味〟は、本人が映画を引き合いに語るような「小説的記憶」や「美学」に支えられているのである。

だからこそ長く愛されるのだし、幾度にも及ぶ映像化にも耐えうるのだ。ただ身を委ねるだけで結末まで十二分に愉しめる本書を読了した後、赤川次郎のこうした考えにも想いを馳せていただければ、なおいっそう赤川次郎の凄さが感じられるであろう。

二〇〇九年六月

（徳間文庫初刊より再録）

本書は2009年7月に徳間文庫より刊行したものの新装版です。なお、本作品はフィクションであり実在の個人・団体などとは一切関係がありません。

徳間文庫

静《しず》かな町《まち》の夕《ゆう》暮《ぐれ》に

〈新装版〉

2021年6月15日 初刷

著者 赤《あか》川《がわ》次《じ》郎《ろう》

発行者 小宮英行

発行所 株式会社徳間書店

東京都品川区上大崎三―一―一 〒141―8202
目黒セントラルスクエア

電話 編集〇三(五四〇三)四三四九
販売〇四九(二九三)五五二一

振替 〇〇一四〇―〇―四四三九二

印刷 大日本印刷株式会社
製本

ISBN978-4-19-894656-2 (乱丁、落丁本はお取りかえいたします)